アンデルセン小辞典

A Pocket Dictionary of H. C. Andersen

下宮 忠雄
Tadao Shimomiya

文芸社

［アンデルセンと子供時代の家］

上：アンデルセンは写真好きだった。
下：アンデルセンの子供時代（1807-1819）の家。オーデンセの三軒長屋の一番右側の家で幼年時代を過ごした。

まえがき

『アンデルセン小辞典』は童話とその関連の200項目を解説した。海辺に散らばる真珠（stray pearls; spredte（スプレッテ） perler（ペアラ））からすくうのであるから、拾いこぼしもたくさんあろう。それほど、アンデルセンの世界は広く深い。

アンデルセン（1805-1875）は156の童話により、童話の王様になった（本書の見出し童話は112)。「人魚姫」や「マッチ売りの少女」は、いまや世界の物語である。

デンマークのフューン島のオーデンセに一人っ子として生まれた。14歳のとき、金もコネもなく、青雲の志を抱いて、王様の都コペンハーゲンに出た。刻苦勉励、苦節16年、『即興詩人』と『童話第1集』（ともに1835）を出すことができたが「小さな国では詩人はいつも貧しい。だから名誉こそ詩人がつかまねばならぬ金の鳥なのだ（p.114)」。ようやく食べて行けるようになったのは1838年（33歳）、詩人年金（p.74）をもらえるようになってからだった。

母は、父なきあと、故郷で洗濯女としてパン代を稼ぎながら、息子の行く末を見守っていた。彼女は『即興詩人』の成功も『童話』の成功も知らずに、1833年、アンデルセンが28歳、ローマに滞在中、一人さびしく亡くなった。

2018年3月7日 埼玉県所沢市のプチ研究室　下宮忠雄

(Printed in 500 copies, Bungeisha, Tokyo, 2018)

苦悩の人生、夢と空想の天才、奇想天外の発想は、まさしくアンデルセンそのものである。花や鳥が恋を語るのは昔からある。だが、次の発想はどうだ。

眠っている間は用のないおかみさんの口を取りはずしてそれをお店の中のいろいろの品物に取りつけました。すると、品物が「詩」について、自分の考えていることや感じていることを、おかみさんと同じように、しゃべることができるのです（食料品店の小人の妖精, p.83)。

デンマークのフューン島のオーデンセ（当時、人口5000, デンマーク第二の都市）の貧民街に育ち、貧民学校でいじめられたアンデルセンにとって、旅は最良の学校だった。

コペンハーゲンの恩人コリーン家は、アンデルセンにとって、第二のわが家だった（p.69)。その家庭で、また王様や貴族の家で、自作の童話を読んで聞かせることが何よりの楽しみだった。チョーサーのカンタベリー物語では、「一番上手なお話をした人に乾杯！」となるのだが、アンデルセンは、まさしく最高の乾杯を受けるだろう。

三人の女性（p.85）にめぐりあうが、生涯独身であった。62歳のとき故郷オーデンセの名誉市民となった。70歳の誕生日に『ある母親の物語』（p.24）の15言語版が贈られた。メルキオール家の孫娘に、何かほしいものある？と尋ねられて「コウノトリが、ぼくにかわいい女の子を連れてきてくれないかなあ」（p.103）と答えたものだ。その4か月後、1875年8月4日、70年の波乱の生涯を終えた。

[参考書]

1. 鈴木徹郎著『アンデルセン、その虚像と実像』東京書籍、1979. 鈴木徹郎訳『アンデルセン小説・紀行文学全集』全10巻（東京書籍）1987-88.

2. Elias Bredsdorff : Hans Christian Andersen. The Story of His Life and Work. New York, 1975. 高橋洋一訳『アンデルセン－生涯と作品』小学館1982.

3. H.C.Andersen: Mit eget eventyr uden digtning（詩のない私自身の物語）H.Topsøe-Jensenの後記と注。Herluf Hensenius挿絵。København 1942. 大畑末吉訳『アンデルセン自伝』岩波文庫1937.

4. Hans Christian Andersen. His Life and Work. Copenhagen 1955. 生誕150年出版。

5. Georg Nygaard: H.C.Andersen og København. København, 1938（作家をめぐる人物、住居、年金、財産など）

6. Erling Nielsen : H.C.Andersen. Gyldendals Uglebøger, København, 1963（英訳、デンマーク外務省、1983）

7. Svend Larsen : H.C.Andersen. Odense, Flensteds forlag, 1957（著者はアンデルセン・ミュージアム館長）

8.『童話の王様アンデルセン』監修：松居直。別冊太陽、平凡社、2000. 160頁、図版多数。

9.『アンデルセン紀行』Moe（白泉社）2005年5月号。

10. 安野光雅『旅の絵本Ⅵ（アンデルセンを旅する）』福音館書店、2004.

11. 下宮忠雄『アンデルセン童話三題ほか20編』2011；『アグネーテと人魚ほか』2011；『アンデルセン余話10題ほか43編』2015（以上、近代文藝社）

[主要事項索引]

ハンスの子供時代の家：小さな部屋に父の仕事場とベッドがあった。ハンスは両親の愛を一身に受けて育った。文学好きの父はハンスにアラビアンナイトやラフォンテーヌの寓話を読み、テーブルの上に紙の劇場を作り上演してやった。

晩年のアンデルセンの部屋（静寂荘, 1875年）

人魚姫（p.126）

上図：人魚姫が15歳の成人式に海の上で見たものは、船の上で15歳の誕生日を祝っている王子だった。その美しい姿に人魚姫は恋に落ちた。英国Rex Whistler画（1935）。
下図：「魔女さま、私を人間にしてください」「恋をするとバカになるんだね。だが薬代は高いよ。人魚王国一のお前の美しい声をもらうよ」英国John Leech画（1846）。

人魚姫像

コペンハーゲン郊外にある人魚姫像。1913年エリクセンEdvard Eriksen（1876-1959）作。モデルの脚があまりにも美しかったので、人魚の尻尾を人間的に作った。頭が何度も切断され、修繕された。毎年、世界中から見物客が殺到する。

イブと幼いクリスチーネ（p.28）

イブ7歳、クリスチーネ6歳。二人はいつも仲よく遊んでいた。クリスチーネの父は材木や穀物を小船で運ぶ仕事をしていた。成長して二人は結婚するはずだったが、奉公に出たクリスチーネには別の運命が待っていた…

スペイン、マラガのアンデルセン（p.89）

Ved Husets Muur stod en Hæk af Geranier,
Der sad hun paa Trappens Marmorsteen,
Saa ung, saa deilig, hun solgte Kastanier,
Sad med Blomst i Haaret og bare Been,
Hun saae med to Livsens Øine paa Een,
Var man ei en Ismand, strax blev man en Spanier
(Ill. Tid. Nr. 184 P. 219.)

H. C. Andersen i Malaga.

アンデルセンがスペインのマラガの町を歩いていると、家の壁のかたわらにゼラニウムの生垣があった。少女が栗を売っていた。その目はキラキラ輝いていた。あれは死神の氷姫（p.61）なんかじゃない。スペインの少女だよ。

切り絵とスケッチ（p.53）

Florenz, tegning af H. C. Andersen 1834.

上図：切り絵が得意だった。Frijsensborg 1865
下図：フィレンツェ。アンデルセンのスケッチ1834

パネル（ゆかりのある国と人物, p.143）

アンデルセンが訪れた国や人物が描かれている。

［以下、随時、英語とデンマーク語を併記する。巻末p.192以下に本書に出たデンマーク語の語釈を載せてある。デンマーク語に関しては筆者の『デンマーク語入門』第2版、近代文藝社2017をご参照いただければ、さいわいである］

［あ］

赤い靴（童話1845, The Red Shoes; De røde Skoe［現代はsko］）カーレンというかわいい女の子がいました。お母さんが亡くなったあと、彼女は親切な老婦人に引き取られ、赤い靴を作ってもらいました。お姫さまがはいているような、とてもすてきな靴です。引き取ってくれた老婦人が病気になったとき、彼女は介護するのも忘れて、パーティーに遊びに行ってしまいました。赤い靴をはいて教会へ行ってはいけないのです。赤は悪魔の色です。しかし彼女は赤い靴を履いて行きました。この靴はダンス用にできているかのように、靴はひとりでに踊りました。教会を出て、靴を脱ごうとしましたがどうしても脱げません。とうとう、両足をちょん切ってもらいました。靴は踊りながら、どこかへ行ってしまいました。美しい音楽が聞こえ、白い天使があらわれました。そしてカーレンを抱いて空へ昇って行きました。罰があたったのでしょうね。神様は、これ以上、カーレンが罪を重ねないように、天国に召したのです。
［この教会はオーデンセの聖クヌード教会である。この童話はオランダとアメリカで多くの読者を獲得した］

アグネーテと人魚（の王子）（2部からなる戯曲詩；1833, Agnete and the Merman; Agnete og Havmanden）デン

マークの伝説。時は1106年ごろ、アグネーテは母と二人でフューン島の海辺の漁村に暮らしていた。父は漁師だったが、カテガットの海峡で死んでしまった。両親が海岸で漁をしている間に、母が産気づいて、アグネーテを生んだ。父は海の水で娘を洗礼した。だから彼女は海の娘だった。いつも海にあこがれていた。

アグネーテの家にはヘミングという若いバイオリン弾きが下宿していた。母は彼を息子のように思っていたので、二人の結婚には賛成だったが、アグネーテは躊躇した。金持ちの肉屋もアグネーテがお目当てで出入りしていたが、母は、年をとりすぎているよ、と肉屋を跳ね返した。

アグネーテは、バイオリン弾きよりも、海岸の岩に座って、海の彼方を眺めるのが好きだった。海の波のコーラスが歌っている。「ごらん、またあの美しいエバの娘が岩に座っているよ」。女性はみなエバの娘なのだ。ある日、彼女は海岸で一人の人魚と知り合った。人魚は王子のような容姿をしていて、言葉も丁寧だ。ブロンドの髪をしていて、美しい声で歌う。人魚は遠い地中海まで泳いで行って、ギリシアで見たり聞いたりしたことをアグネーテに語って聞かせた。人魚が彼女に言った。「アグネーテ、ぼくの妻になっておくれ」。アグネーテは、なかば予期していたように、「はい」と答えた。こうして、アグネーテは、ある日、突然、母親に行き先も告げず、姿を消した。

海の底にある人魚の王国で、アグネーテは二人の子供に恵まれ、しあわせに暮らしていた。ときどき、子供たちに

「ママにはなぜ尻尾がないの」と尋ねられて、困らせたことはあったが。こうして、7年が経った。

ある日、陸の教会の鐘の音がゴーン、ゴーンと海の底まで響いてきた。こんなことは初めてだった。アグネーテの母が亡くなったことを知らせる鐘の音だった。彼女は急に村が恋しくなり、夫に尋ねた。「一度、里帰りをしてもいいですか」。すると「いいよ、きみがまた、ぼくと子供たちのところに戻ってくれるならば。だけど1時間だけだよ」。妻は「はい」と約束したので、夫は妻を昔の海辺に運んだ。

人魚の世界では7年だが、人間の世界では50年が経っていた。海岸でアグネーテは向こうからやって来る老人に出会った。その男こそ、昔、自分に好意を寄せていた、あのバイオリン弾きだった。年齢は不明だが、昔、20歳と考えると、彼はもう70歳になっていた。アグネーテも、一応、昔は20歳と考えると、海底では7年しかたっていないので、いま27歳だ。先方はすぐにアグネーテだと気づいた。昔のように、若くて美しいアグネーテのままだったからだ。彼は、こんなはずはない、悪魔の仕業だ、と驚いて逃げてしまった。アグネーテが昔の家に帰ると、家は崩れ落ち、廃墟と化していた。母はもう40年も前に亡くなっていた。海底に響いた鐘の音は、神様のお告げだった。

すると、海岸から夫の声がする。「アグネーテ、早く帰ってきておくれ」。子供たちも叫んでいる。「ママ、帰ってきて、早く帰ってきて」。二つの世界の間にはさまれたアグネーテは、後悔と悲しみのあまり、心臓が張り裂けて、海岸に倒れてしまった。いまでも、朝、岩が濡れているのを見ると、人は言う。「ごらん、これはアグネーテの死を悲しむ人魚の涙だよ」と。

［アンデルセンは第二の恋、ルイーズとの恋に破れたあと、傷心を癒すために、1833年、旅に出た。フランスの国境に近いスイスの町ル・ロークルLe Locleで『アグネーテと人魚、二部からなる戯曲詩』（Agnete og Havmanden, dramatisk Digt i to Dele, 1833）を書いた。ル・ロークルはラテン語で「小さな地方」（loculus）の意味だが、時計製造の町で、ここのデンマーク人の家に部屋を借りて、執筆した。アンデルセンはアグネーテを北欧のアプロディーテー（Aphrodītē；ローマのVenus, 愛の女神）と呼んでいる。原稿をコペンハーゲンに送ったが、期待に反して、不評だったので、全面的に書き改めて、名作『人魚姫』（1837）を完成した。下宮『アグネーテと人魚、ジプシー語案内ほか』の中にデンマーク語の抜粋と訳注がある］

アザミの経験（童話1869, What the Thistle Lived to See; Hvad Tidselen oplevede）原題は「アザミが経験したこと」です。アザミは英語もドイツ語もデンマーク語も同じなので、古くからこの地方に共通の植物です。アザミは空気と光を飲んでいました（人間なら空気を吸い、光を浴びるというのですが）。昼間は（アメをなめるように）日光をなめ夜は露をなめていました。この表現がとても美しいので、英語で、それからアンデルセンの言葉で読んでみましょう。

They drank air and light, they basked in sunshine by day and bathed in dew by night. デンマーク語De drak Luft og Lys, slikkede Solskin om Dagen og Dug om Natten. 立派なお屋敷の庭園にアザミの花が咲いていました。今日は婚約のパーティーがあるのです。一人の美しい婦人が、はるばるスコットランドから来ました。「あら、わたしの国の花だわ」。彼女は一本採ろうとしましたが、手が届きません。すると一人の青年が手を伸ばして、一本採ると、婦人に手渡しました。婦人は花の部分を青年のボタンの穴に刺し込みました。アザミの花は美しい手で切り取られ、ボタンの穴に収まって、なんという名誉なことでしょう。青年と婦人は結婚して、このお屋敷に住むことになったのです。

姉（異父姉half-sister; halvsøster）アンデルセンの母Anne Marie Andersdatter（ca.1775-1834）はアンデルセンの父と結婚する前にローセンヴィンゲ（Rosenvinge）という男性との間にカーレン・マリー・ローセンヴィンゲ（Karen Marie Rosenvinge, p.185）という娘を生んでいた。アンデルセンは有名になってから、この姉が現れるのを恐れていた。1842年2月8日アンデルセンはこの姉から手紙を受け取った。手紙の返事を書くと、彼女の代わりに夫が現れた。カウフマン（Kaufmann）という名で、上品で正直そうに見えた。貧しいというので、4リグスダラー（4万円）を与えると、とても喜んだので、私も嬉しかった、とアンデルセンは書いている。彼女は洗濯女で1846年11月に死亡、子供はいなかった。夫は29歳、労務者であった。

あの女はろくでなし（童話1852, She was Good for Nothing; Hun duede ikke）と町長は言いますが、洗濯女には理由があったのです。おさない息子を育てるために、朝から晩まで、オーデンセ川の洗濯場で働く彼女は身体を暖めるために、ときどき、お酒を飲まねばなりません。町長の弟は、むかし、この洗濯女（washer woman; vaskerkone）と恋愛関係にありました。身分が違うために、結婚は出来ませんでしたが、町長の弟は弁護士になり、独身のまま亡くなりました。そして遺産の600リグスダラー（約600万円）を彼女とその子に残したのです。洗濯女は過労で亡くなりましたが、息子は立派に成長するでしょう。
［アンデルセンが子供のときに母親から聞いた話］

アヒルの庭で（童話1861, In the Duck-yard; I Andegaarden）アヒルが一羽ポルトガルからやって来ました。タマゴを生んで、殺されて、料理されてしまいました。タマゴは成長してアヒルになり、ポルトガル夫人と呼ばれるようになりました。そこへ小鳥が一羽落ちてきました。ネコに追いかけられて、片方の羽を一枚折られたのです。ネコはアヒルの子を二羽も食べてしまった、にくい奴です。わたしがこの小鳥さんのママさんになってあげましょう、とポルトガル夫人が言いました。庭には中国から来たメンドリも二羽いました。彼女らは回教奴隷（mameluk; Cochin

Chinese）と一緒にいましたので、教養がありました。

ABC（アベセ）の本（童話1858, The ABC-Book; ABC-Bogen）Aは Amme（アメ）（乳母）、BはBonde（ボネ）（農夫）、CはColumbus（コロンブス）…ZはZefyr（セフィア）（西風）、ÆはÆsel（エーセル）（ロバ）、ØはØsters（エストス）（カキ、貝の）のように、Aからアルファベットの最後まで26文字を使った2行詩である。昔のABCの本は古くさいので、アンデルセンは新しいのを作った、と言っている。例を3つ掲げる。

①C. *Columbus*　　　　　　　Cはコロンブス

Columbus over Havet foer,
og Jorden den blev dobbelt stor.

　コロンブスは海を越えて行き
　大地は二倍に大きくなった。
　［**コロン**｜ブス・**オウ**｜ア・**ハー**｜ヴェズ・**フォー**］
　［オ・**ヨー**｜アン・**デン**｜ブレ・**ドベ**｜ルト・**ストー**］

②D. *Danmark*　　　　　　　Dはデンマーク

Om *Danmarks* Rige Sagnet gaaer,
Gud ei sin Haand af Danmark slaaer!

　デンマークには伝説がある。
　神様はいつも国を守ってくれる、と。
［オム・**ダン**｜マークス・**リー**｜エ・**サウ**｜ネズ・**ゴー**］
［グズ・**アイ**｜シン・**ホン**｜ア・**ダン**｜マーク・**スロー**］

③X. *Xanthippe*　　　　　　　Xはクサンティッペ

I Ægtestands-Sø skal der findes en Klippe,

af Sokrates blev den betegnet *Xanthippe.*
［イエク｜テスタンス｜セー・スカ｜デア・フィ｜ネス・エンクリ｜ペ］
［ア・ソク｜ラテス｜ブレ・デン｜ベタイ｜ネズ・クサンティ｜ペ］
結婚の湖には障碍があるものだ。
それをソクラテスはクサンティッペと呼んだ。
どの行も［弱］［強］［弱］［強］のリズムとなっている（弱強四歩格iambic tetrameter）そして、fór – storのように脚韻（end-rhyme）を踏んでいる。
③クサンティッペの詩行は5番目が［弱弱強］となり、最後が字あまりになっている。次の英訳は下宮試訳。
①Colúm｜bus wént｜o'er séa｜and tíde,｜
the wórld｜becáme｜then twíce｜as wíde.｜
②In Dén｜mark góes｜the sáw｜o'er lánd｜
that Gód｜will ál｜ways lénd｜his hánd.｜
③Xanthíp｜pe wás｜for Sóc｜ratés｜
in már｜ried lífe｜the crág｜and bées.｜
クサンティッペとの結婚生活はソクラテスにとって突き出た岩とミツバチだった。ミツバチは活動しているときはやかましいが、静かなときには蜂蜜も与える。

アマの花（童話1848, The Flax; Hørren）アマは青い花を咲かせて成長すると布や紙になる植物です。お日さまに照らされ、やさしい雨を飲んで、ぐんぐん成長しました。「あぁぼくは幸せだなあ」と空気を胸いっぱいに吸って言いました。すると、そばにいた垣根が言いました。「きみは世間知らずだなあ。刈り取られて、水に入れられ、熱いお湯で煮られて、たたかれて、布や紙になるのさ」「でも、人間が着る衣類になったり、読む本になったりするなんてすてきじゃないか」とアマの花は答えました。

アマー島（Amager）への徒歩旅行（小説1829, Journey on foot to Amager; Fodreise til Amager）アンデルセンが1828-29年の大晦日に、1828年の最後の数時間から1829年の最初の数時間の間に旅行した体験記で13章からなる。1828年の大晦日に部屋でぽつんとしていると、サタンがささやいた。作家になってみたらどうだ、と。よし、アマー島へ行ってみよう。二人の女性が案内しましょうと申し出たが断った。詩のミューズが出てきたり、300年後（2129年）の世界に踏み入れたりしているうちに、時計が12時を打った。聖ペテロのメガネを手に入れ、それをかけると時間の海が広がっていた。アレクサンダー大王やイソップが出てきた。自費出版500部はすぐに売り切れ、第2版が出版社C.A.Reitzel（ライツェル）から1829年4月に出た（Nygaard, p.65）。Reitzelはその後童話も出版した。

アマー島（92㎢）はコペンハーゲン空港カストロプのある島で、コペンハーゲンのあるシェラン（Sjælland）島とはランゲブロー（Langebro, 長い橋の意味）で結ばれている。カストロプ（Kastrup）の語源はカールの村（Karls dorp）。コペンハーゲン中央駅から空港までは汽車で20分だが、中央駅からランゲブローまでの街路はアンデルセン通り（H.C.Andersens Boulevard（ブールヴァール））、橋を渡ったあとはアマー通り（Amager Boulevard）と呼ばれ、この付近はReykjaviksgade, Snorresgade, Sturlasgade, Egilsgade, Gunløgsgade（gadeは英gateと同源で'street'の意味）などアイスランドゆかりの街路が多く、Njalsgadeにコペンハーゲン大学のNordisk institut（北欧研究所）がある。大学本部はシェラン島の北通り（Nørregade）にある。
［Amager川の岬；*ame水流cf.Amsterdam, hage岬］

アメリカ（America; Amerika）アンデルセン童話の英訳を出版したスカッダー（Horace Scudder）から1871年10月28日付けの招待状を受け取った。「アメリカの出版社（複数）はあなたを心から招待します。少なくとも6か月から8か月滞在してください。アメリカまでの往復旅費はこちらで負担します」。しかし、アンデルセンは大西洋を船で渡ることに恐れをいだいていた。おさな友達のヘンリエッテ・ヴルフを船上の火事で失っていたからだ。「大西洋で死ぬよりはデンマークで死にたい」と言ったものだ。その数か月後、アメリカから帰国したアンデルセンの友人を通して詩人ロングフェロー（H.W.Longfellow, 1807-82）の伝言を受け取った。「もしアメリカであなたの童話を三つ朗読したら、ディケンズがアメリカで得たのと同じぐらいに稼ぐことができますよ」。しかし、結局、アメリカ訪問は実現しなかった。

ある母親の物語（童話1848, The Story of a Mother; Historien om en Moder）母親が小さな子供のベッドのそばにいました。三日三晩、寝ずに看病したのです。でも子供はいまにも死にそうです。そのとき、コツコツとドアの音がして、死神（しにがみ）が迎えに来ました。母親は死神にビールを温めてきますから、ちょっとお待ちくださいと言って、ほんの一瞬、その場を去りました。少しでも長く子供を手元に置いておきたかったのです。しかし、気がついたときには、子供も死神も、いませんでした。急いで外に出て子供の名を呼びましたが、どこにも見えません。

雪の中に黒い着物を着た女の人が座っていました。この人は「夜」なのです。尋ねると、「右の、暗いモミの木の森のほうへ行きましたよ」と教えてくれました。森のおくで、道が十字になっていて、そこにイバラの木が立っていました。尋ねると、「わたしは寒くて死にそうだ。あなたの胸で温めておくれ。そうしたら教えてあげる」。母親はイバラをしっかりと胸に押しあてて、温めてやりました。トゲが胸に刺さって血が流れ出ました。そのかわり、イバラは緑の葉を出して、寒い冬の夜に花を咲かせました。イバラは湖のほうを指して、行く先を教えました。大きな湖に出ましたが、そこには船もボートもありません。

湖が言いました。「あなたの二つの目をおくれ。あなたの目は真珠よりも美しい。あなたを向こう岸の温室まで運んであげよう。死神はそこで花や木の世話をしている」と教えてくれました。その温室には美しく咲いたり、しぼんだりしている花がたくさんありました。墓守りが、あなたの子供の花を自分で探してごらんと言いました。母親は目をくりぬかれて、見えませんでしたが、心臓の鼓動からわが子を探し当てました。それは小さな青いサフランです。
死神が到着しました。サフランを持ち去ろうとすると、死神が言いました。「これもみな神様のおぼしめしだ。おまえの子供の花をパラダイスの園に植えかえるのだ」と言って、母親が湖に渡した二つの目を返してくれました。
［この童話は何のきっかけもなく、ふと心に浮かんで、すらすら書きおろすことができた、とアンデルセン自身が記している。特にインドで愛読され、アンデルセン70歳の祝賀記念に『ある母親の物語15言語』（V.Thomsen編）が1875年に出版された。童話「パラダイスの園」もパラダイスを扱っている］

アンデルセンはデンマークに多い名前なのでハンス・クリスチャンのように追加の名前をつけねばならない。語源はギリシア語Andreasでアンドレアスの息子の意味である。形容詞andreíosは「男の、男らしい、勇敢な」で、もとのanêr（属格andrós）は「男」である。android（アンドロイド）は「人造人間」の意味。-oidは「…に似た」。

アンデルセン2時間散歩旅行（無料；H.C.Andersen two-hour walking tour of Odense）18：00（季節による）オーデンセのアンデルセン博物館からアンデルセン庭園、オーデンセ川（ここに錫の兵隊のボートが浮かんでいる）、聖クヌード教会（アンデルセンが堅信礼を受けた；赤い靴の舞台）、などアンデルセンゆかりの名所案内。

[い]

イーダの花→小さいイーダの花（p.104）

いたずらっ子（童話1835, The Naughty Boy; Den uartige Dreng）ある晩、老いた詩人が一人でストーブにあたっていました。雨がはげしく降ってきました。そのとき、「開けてください。びしょぬれです」という声が聞こえます。ドアを開けると、小さな子がびしょぬれで外に立っています。「おお、かわいそうに」と少年を入れてあげました。そして、温めたワインと、ストーブの上で焼いていたリンゴをあげました。「きみはなんという名前なの？」「ぼくはアモール（ラテン語で愛の意味）っていうの。この弓で矢を射るんだよ」。少年はびしょぬれがすっかり乾いたので、老詩人の胸を矢で射ると、笑いながら外に出て行ってしまいました。あなたがたのお父さんやお母さんも矢を射られたにちがいありません。

［この老詩人はアンデルセンである。アナクレオンにアモールの寓話があるとアンデルセンは述べている］

一詩人のバザール（旅行記1842, A Poet's Bazaar; En Digters Bazar）アンデルセンが1841-1842年にドイツ、イタリア、ギリシア、トルコを通り、ドナウ川にそってブダペストからウィーンにいたる旅を綴ったもので、それらの小品をバザール（市場）に並べた。ハンブルクでは劇場でオルレアンの少女を演じる女優に出会い、マグデブルグからドレスデンまでは汽車旅行を楽しみ（馬車にくらべて何と速く快適なことか）、トルコのスミュルナ（イズミル）ではホメロスの墓に詣でた。童話『ホメロスの墓のバラ一輪』にこの場面が出る。ギリシアからトルコに入った。その国境はイスタンブールだが、1453年、オスマントルコ軍がこの町を占領したとき、ここが町への入り口だ（'into the city' その地のギリシア語 is tan pólin（イスタンポリン）が Istanbul となった）と呼んだことによる。コンスタンチノープル（とアンデルセンは書いている）を訪れる外人客は、まず市場（バザール）を見るべきである。巨大な都会に足を踏み入れたのと同じである。その華麗さと雑踏ぶりに驚く。まさにハチの巣である。そこにはペルシア人、エジプト人、アルメニア人、ギリシア人が、東洋と西洋が巨大市場を開いている。これほど千差万別の商品は、どの都市にも見られない。
［トルコは童話『空飛ぶトランク』p.95に登場する］

イェンニー・リンド→リンド、イェンニー（p.187）

遺産（heritage; arv）アンデルセンの故郷オーデンセにあるアンデルセン・ミュージアム（デンマーク名「アンデルセンの家」H.C. Andersens Hus）に遺産という一枚の紙片が出口の近くに添付されている。それによると、自分の遺産は印税などを含め8000リグスダラーになると思う（分かりやすく、一応、8000万円ぐらいに考えておく）。このうち1000リグスダラーを恩人ヨーナス・コリーンの孫ヴィゴ・ドレウセンViggo Drewsenに贈る。次の1000リグスダラーを自分が通った貧民学校fattigskole（ファッティスコーレ）に寄付し、そこから年額40リグスダラーほど利子が生じると思われるので、それを毎年、学校で最優秀の生徒に奨学金として与えてほしい、もし、その学校が今なくなっていれば、それに代わる学校に寄付する、という内容である。残りの6000リグスダラーについては何も触れていない。実際には2万リグスダラー近くあった。「財産」p.71参照。

イブと幼いクリスチーネ（童話1855, Ib and Little Christine; Ib og lille Christine；挿絵p.10）イブは7歳で、百姓の一人息子。クリスチーネは6歳で、小船（ferry-boat; pram）の船頭の一人娘でした。二人ともユトランド半島のシルケボー（絹の町）に住んでいました。イブは山のふもとに、クリスチーネは近くの原野に。彼女の父は材木や食料を船で運ぶ仕事でしたので、昼間は、よく、イブと一緒に遊んでいました。イブの父は冬の間は木靴を作っていました。ある日、イブはクリスチーネのために小さな木靴を作りました。二人が森の中で迷子になってしまったとき、どうしても家に帰れないので、二人は枯れ葉を集めて森の中で眠ってしまったものです。翌朝、目がさめて、森の中を進んで行くと、一人の女の人に出会いました。この人はジプシーだったのです。彼女はポケットからクルミを三つ取り出して、これは願いのかなうクルミ（wishing-nuts; ønskenødder）なんだよ。一つ目のクルミの中には「二頭立ての馬車が入っているよ」と言いました。「じゃあ、わたしにちょうだい」とクリスチーネが言いました。二つ目の中には「ドレスや靴下や帽子が入っているよ」「じゃあ、それもわたしにちょうだい」。三つ目は小さくて黒い、見てくれのわるいクルミでした。「この中には、きみにとって一番よいものが入っている」と言うので、イブが貰うことになりました。歩いていたのは、家に行く方向とは逆でした。このジプシー女は人さらいかもしれません。さいわい、イブを知っている森番が通りかかったので、二人は無事に家に帰ることができました。

イブが13歳になり、堅信礼を受ける準備をしているとクリスチーネが父親と一緒にイブと母を訪れて（イブの父は亡くなっていたのです）「こんど、娘が旅館の主人夫婦のところに奉公に出ることになりました」と挨拶に来たのです。イブとクリスチーネは村の人から恋人どうしと言われていた間柄でした。彼女は森でもらった二つのクルミとイブが作ってくれた木靴を大事に持っていました。

旅館の夫婦はとても親切で、クリスチーネを娘のように扱ってくれました。翌年の春、一日休暇をもらって、クリスチーネは父親と一緒にイブとその母を訪ねました。クリスチーネはすっかり美しい娘に成長していました。二人は手をつないで山の背に登りました。イブは口ごもりながら言いました。「きみが母の家で一緒に暮らしてもよいという気持ちになったら、結婚してね」「ええ、もうしばらく待ちましょうね、イブ」と彼女は言って別れました。

ある日、旅館夫婦の息子が帰ってきました。息子はコペンハーゲンの大きな会社に勤めているという話です。息子はクリスチーネが気に入りました。クリスチーネもまんざらではありません。両親も異存はありませんが、クリスチーネのほうは、いまも自分のことを思ってくれているイブを思うと、決心がつきません。

クリスチーネの父親が訪ねてきて、言いにくそうに、事の次第を語りました。イブは、まっさおになりました（as white as the wall; ligeså hvid, som et klæde布のように白い）が、しばらくして「クリスチーネは自分の幸福を捨てはいけないよ」と言いました。「娘に二、三行書いてくれませんか」と父親は言いました。

イブは何度も書き直して、次の手紙を送りました。「クリスチーネ、きみがお父さんに書いた手紙を読ませてもらったよ。きみの前途にいままで以上の幸福が待っていることが分かった。ぼくたちは約束でしばられているわけではない。ぼくのことは気にかけないで、自分のことだけを考えてください。この世のあらゆる喜びがきみの上にありますように。ぼくの心は神様が慰めてくれるでしょう。いつまでもきみの心からの友、イブ」。

クリスチーネはホッとしました。結婚式は夫の勤務するコペンハーゲンで行われ、その両親も出席しました。新婚夫婦に娘も生まれて、しあわせに暮らしていました。夫の両親が亡くなり、数千リグスダラー（数千万円）の遺産が息子夫婦に転がり込みました。クリスチーネは金の馬車に乗り、美しいドレスを着ました。ジプシー女から貰った願いのクルミが二つとも実現したのです。夫は会社をやめ、毎晩、宴会を続けました。ドッと入ってきたお金は、逃げるのも早かったのです。金の馬車が傾き始め、ある日、夫はお城の中の運河で死体になって横たわっていました。

初恋を忘れられずにいたイブは、故郷で、畑を耕していました。母も亡くなりましたが、ある日、土を掘っていると、カチンと音がします。掘り上げてみると、それは先史時代の金の腕輪でした。ジプシー女の願いのクルミ（イブにとって一番いい物）が、あたったのです。イブはそれを牧師に見せますと、これは大変だ、というので裁判所の判事に相談しました。判事はこれをコペンハーゲンに報告してくれて、イブが自分で持参するようにと言いました。イブは生まれて初めてオールフスから船に乗り、コペンハーゲンに向かいました。黄金の代金600リグスダラー（600万円）が支払われ、イブは大金を受け取りました。夕方、出航する予定の港に向かいましたが、初めての大都会で、道に迷ってしまいました。往来には誰も見あたりません。そのとき、みすぼらしい家から小さな女の子が出てきて泣き出しました。道をたずねるつもりでしたが、どうしたの？と聞くと、街灯の下に見た女の子は幼いクリスチーネそっくりだったのです。娘の手にひかれて階段を上り、屋根裏の小さな部屋に着くと、女の子の母親が粗末なベッドに寝ていました。マッチをすって見ると、それはまぎれもない故郷のクリスチーネではありませんか。「かわいそうなこの子を残して死んでゆかねばならないと思うと…」と言ったとき、臨終の女の目が大きく開いて、それきり息が絶えました。イブだということが分かったのでしょうか。

翌日、イブは、小さい娘の母親をコペンハーゲンの貧民墓地に葬ってやりました。孤児となった娘、その子も母親と同じ幼いクリスチーネという名でしたが、その子を連れて故郷に帰りました。イブは、いまや彼女にとって父であり、母でもありました。新しい家の、暖炉が暖かく燃える部屋で、イブは初恋の遺児クリスチーネとしあわせに暮らしました。

［アンデルセン自身は何も記していないが、この物語には作者自身が、いくぶんか、投影されているように思われる。ジプシーという名称はエジプトから来た（Egyptian）と英国民が考えたためである。実際には紀元1000年ごろインド北西部から、よりよい土地を求めてアルメニア、トルコ、ギリシア、ルーマニア、ハンガリーに、さらにヨーロッパ諸国に入り込んだ。デンマーク語ではジプシーのことをタタール人という。ジプシーに関しては下宮『アグネーテと人魚、ジプシー語案内ほか』近代文藝社2011］

イプセン（Henrik Ibsen, 1828-1908）ノルウェーの劇作家。『人形の家』が有名。アンデルセンは1852年コペンハーゲンでイプセンに出会ったが、その後1870年イプセンはアンデルセンに招かれてメルキオール家の別荘「静寂荘」(Rolighed) で食事をした。「イプセンは魅力的で、気取らない、好ましい人物だが、彼が書いたペールギュントは好きになれない。トロルの山の宴会など皮肉だよ」とヘンリエッテ・コリーンへの手紙に書いている。

印税 (royalty; royalty, afgift for udnyttelse af forfatterret 著作権利用の謝金) 国際版権 (international copyright) の確立していなかった19世紀には海賊版が横行し、アンデルセンは非常に不利だった。良心的な出版者ローク (ライプツィヒ)、ベントリー (ロンドン)、スカッダー (ニューヨーク) からは契約で相当の謝金を得ることができた。

[う]

ヴァルデマー大王 (Valdemar I den Store, 在位1157-1182) デンマークの王。母の父方の祖父はロシア人でヴラヂーミルといい (Vladi-支配者mir世界の)、これがデンマーク風にValdemarとなった (marはケルト語で「偉大な、有名な」)。Valdemar II Sejr (1202-1241) ヴァルデマー2世勝利王。Valdemar III (1326-1329) ヴァルデマー3世。Valdemar IV Atterdag (1340-1375) ヴァルデマー再興王。「かつての栄光を (またあの日を)」と叫んで祖国デンマークを繁栄に導いた。マーグレーテ女王dronning Margrethe (1387-1412) の父。

[Vladi- (支配する) は地名Vladi-vostok (東方を制覇) に

見え、英wield, ドwalten, ラvaleō（強い）と同根]

海の果てに住むとも（童話1855, In the Uttermost Parts of the Sea; Ved det yderste Hav）北極探検の船が島に着きました。まだ秋でしたが真冬のような寒さです。オーロラが赤く青く輝いていました。雪の家を作り、土地の人（エスキモー人）から毛皮を買って絨毯を作りました。こうして暖かい住居ができました。二人の男のうち、上のほうはもう寝ていましたが、若いほうは、あかりをつけて、おばあさまからいただいた聖書を読んでいます。毎日一章ずつ読みました。「海の果てに住んでいるときも、神さまはお守りくださいます」の個所を読んで、故郷を思い出しながら、眠りにつきました。

運は一本の針の中にも（童話1872, Luck May Lie in a Pin; Lykken kan ligge i en Pind）運には幸運と悪運がありますね。ここでは幸運のことです。ある貧しい旋盤工（latheman; Dreier）が雨傘の柄と輪を作って、その日その日を暮らしていました。庭にはナシの木が一本ありました。そして、このナシの木の実の中に運があったのです。あらしのときに木の枝が折れてしまいました。父はその枝からナシの実を作り、娘にオモチャとして与えました。開いた雨傘をたたむとき、全体をまとめるボタンがとんでしまうことが、よくあります。このボタンをナシの枝で作ったところ、連結の具合が良好で、評判になりました。アメリカからも注文が来て、何千個も作るはめになったのです。表題の針ではありませんが、ナシの木の中に男の運があったのです。[drejerは「まわす人」の意味]

[え]

エーレンスレーア（Oehlenschläger, Adam Gottlob, 1778-1850）デンマークの詩人。ドイツ留学から帰ったばかりのノルウェーの哲学者Henrik Steffens（1773-1845, 1802-04コペンハーゲン大学講師；Halle, Breslau, Berlin大学教授）との16時間の会話から『黄金の角笛』（1802, Guldhornene 'The Golden Horns'）の名詩が生まれ、デンマークの詩壇に新しい息を吹き込んだ。詩人年金を得て留学後コペンハーゲン大学の美学教授となり、アンデルセンがコペンハーゲン大学に入学したとき文学部長であった。アンデルセンは彼をデンマークのゲーテと讃えている。
[Oehlenschlägerは油しぼり職人の意味；父親はFrederiksberg城の管理人であった]

英語（English; engelsk）アンデルセンは英語が苦手だったらしい。次の逸話が伝えられている。ロンドンに滞在中友人が、道に迷ったときの用心に、住んでいる通りの名前をメモしておけよ、と助言した。翌日、通りの角にある文字を丁寧にメモした。Stick no bills!（ビラを貼るな）を通りの名前だと思った。大都会の中で、案の定、道に迷ってしまった。警官のところに行って、書き取ったメモを見せると、「ビラを貼るな」だと？警官は怪訝な顔をしたが、アンデルセンはメモを指すばかり。こいつ気違いじゃないかと思った警官は、彼を警察署に連行した。デンマーク領事が呼ばれて、誤解が解けた。

駅馬車で来た12人→十二の月（p.77）

絵のない絵本（童話1839, Picture-book without Pictures; Billedbog uden billeder, *or* What the Moon Saw）アンデルセンは1819年、14歳で、たった一人、お金もコネもなく、王様の都コペンハーゲンに来て、安いホテルの屋根裏に住んでいました。ある晩、窓を開けると、故郷で見たのと同じお月さまがニッコリほほえんでいるではありませんか。そして、語りかけたのです。「わたくしがお話しすることを絵にかいてごらん」と。お月さまは世界中を旅しているのでコペンハーゲンの裏町のことも、スイスの出来事も、インドのお話も、たくさん知っているのです。英語の訳は「お月さまが見たこと」となっています。それは32話からなっています。ここでは最初の第1話を見てみましょう。インドのガンジス川のほとりで、一人の娘がランプを川に流しました。このランプがともっている間は、婚約者が生きているという証拠です。ランプは静かに川の上を流れて行きました。「生きているんだわ」と喜んで叫びました。

　最後の第32話を見てみましょう。お母さんが子供たちと食事をしています。お母さんが4歳の娘に言いました。「いま、お食事の前に、何か、よけいなことを言ったでしょ」。主の祈り（The Lord's Prayer）といって、食事の前に「天にいる神様、今日もわたくしたちにパンをお与えください」と祈るのが習慣です。「お母さま、おこらないでね。わたし、バターもたっぷりつけてね」（and plenty of butter on it; og dygtig smør på）と言ったの。

エンドウマメの上に寝たお姫さま（童話1835, The Princess and the Pea; Prindsessen på Ærten）小さな国の王子がお姫さまを探しに出かけました。王子は本当のお姫さまにめぐり合うために、世界中を旅しましたが、なかなか理想のお姫さまが見つかりません。容姿が美しいと心が醜いとか、容姿も心も美しいと身分が低いとか、どこか欠点がありました。王子は、がっかりして、故郷に帰りました。ある晩、雨と嵐の中を、お城の門をたたく音がします。王様が出ますと、そとに雨と嵐のためにひどい姿をした美しい少女がいました。そして、「私は本当のお姫さまです」と名乗りました。まあ、お姫さまが、こんな嵐の中を、馬車にも乗らず、お供もつけずに、訪問するなんて。

お妃が「息子の嫁にふさわしいかどうか見てみましょう」と口には出しませんでしたが、「お疲れでしょう。明日、お話を伺いましょう」と言って、お姫さまを寝室に案内しました。お妃はベッドの下にエンドウマメを1粒入れて、その上に20枚のシーツと20枚の羽根ぶとんを重ねました。そして、その上にお姫さまが寝ることになったのです。翌朝、寝心地はいかがでしたか、と尋ねると、お姫さまが、お答えになりました。「何か固いものの上に寝たようで、からだじゅうがアザだらけになってしまいましたわ」。20枚と20枚の下にあるたった一粒のエンドウマメに気づくなんて、なんと肌の敏感なお嬢さんなのでしょう。これこそ本当のお姫さまにちがいない、と王子はめでたく結婚することになりました。これは本当にあったお話なんですよ。そのエンドウマメは博物館に収められました。誰も盗んでいなければ、まだあるはずです。

［からだがあざだらけ、は英black and blue, デbrun og blå 'brown and blue'であるが、血管や皮膚の色を指す。この感受性の豊かな（sensitive; øm）お姫さまはアンデルセン自身であると言われる］

グリム童話の「エンドウマメのテスト」(Erbsenprobe)も同じ民話にもとづいているが、ここでは一粒ではなく、三粒のエンドウマメになっていて、一つは6枚のリンネルのシーツの下の頭のほうに、一つは中央に、一つは足の下に置かれたが、ここでもお姫さまが寝心地がわるうございましたと答えた。

［お］

オー・ティー（O.T.）アンデルセンの小説（1836）Odense Tugthus（オーデンセの刑務所）はアンデルセンの苦悩の烙印を描いたもので、憂鬱と陽気が交互に入れ替わる。即興詩人がイタリアの風物を叙しているのに対して、O.T.はデンマークの風物を描いている。

大きなウミヘビ（童話1872, The Great Sea-Serpent; Den store Søslange）はヨーロッパとアメリカの間に敷設された、何百キロもある海底電線のケーブルのことです。最初に驚いたのは1800人もいる小さな魚の兄弟姉妹です。みな同じ年ですが、両親を知りません。小さいときから自分でくふうして生きてきました。イルカや物知りのアザラシに聞いてみました。どうも、長い海ウナギらしい。クジラが直接、その海ウナギに聞いてみました。「きみは魚かい、それとも植物かい？」。しかし返事はありません。人間の声がその中を通っていたからです。大きなウミヘビは北欧神話のミッドガルドの蛇（Midgard's Serpent）として出てきます。このヘビは地球を一周して、自分の尻尾を口にくわえることができるくらいに大きいのです。

オーデンセ（Odense）アンデルセンの故郷。フューン島（Fyn）の首都。当時人口5000で、デンマーク第二の都であった。王様の離宮があり、アンデルセンの母は、その洗濯を手伝っていた。劇場があり、アンデルセンはチラシ配りを手伝って、ときどき、演劇を見せてもらった。俳優になることが希望だった。美しい声をしていてオーデンセのウグイスと呼ばれたりした。王様の都コペンハーゲンで活躍したいという夢を抱いていた。1816年、11歳のときに父が亡くなった。14歳のとき、1819年9月4日、1年間で貯めた全財産13リグスダラー（13万円）を携え、青雲の志を抱いて（with high ambitions）郵便馬車に乗せてもらって、単身、王様の都コペンハーゲンに旅立った。

1823年、王様の都コペンハーゲンで食うや食わずの生活をしていたところへ、枢密顧問官で劇場支配人の一人、ヨーナス・コリーン（Jonas Collin）の計らいでスラーゲルセ（Slagelse）のギムナジウムで勉強する（study; studere）ことができるようになった。アンデルセンは4年ぶりに故郷のオーデンセを訪れた。母親の家にはベッドが一つしかなかったので、そこには宿泊できず、印刷業者イーヴァーセン（C.H.Iversen）宅に宿泊させてもらった。近所の人々が、靴屋の息子が王様のお金（royal money, kongens penge）で勉強しているんだってさ、と見に来た。母は息子をどんなに誇りに思ったことだろう。

［オーデンセの語源はオーディン（北欧神話の主神）の神殿（Óðins vé）の意味。vé（ヴェー）（神殿）はゴート語weihs（ウィーヒス）「神聖な」、ド*Weih*nachten（ヴァイナハテン）「聖なる夜」に見える］

オーデンセ川（Odense River; Odense å）オーデンセの町を流れ、アンデルセンの母の仕事場であった洗濯場の石畳（いしだたみ）がある。『しっかり者の錫の兵隊』がドブを通って川に流された船が展示してある。

大畑末吉（1901-1978）アンデルセン童話全10巻（岩波文庫）、『アンデルセン自伝』翻訳。東京帝国大学文学部独文科卒、一橋大学、早稲田大学教授。

王立劇場（Royal Theatre, Det kongelige Theater）コペンハーゲンに着いたアンデルセンは、まず、王立劇場に出向いて、就職を希望した。断られたが、どうしても見たかったので、なけなしのお金をはたいて、ポールとヴィルジニーを見た。その後、劇場の理事であったヨーナス・コリーンに認められ、スラーゲルセのギムナジウムに学ぶことになった。1829年、自作の『ニコライ塔の恋』（Kjærlighed paa Nicolai Taarn）が、あこがれの王立劇場で3回も上演され、大成功を収めたとき、アンデルセンの感激はいかばかりであったか。王立劇場は文化生活の中心地だった。

おやゆび姫（童話1835, Thumbelina; Tommelise）はチューリップの花から生まれたのです。お母さんはとても喜んで、クルミの殻をベッドに、花びらをふとんとして与えました。しかし、ある晩、壊れた窓からヒキガエルが跳び込んできて、息子のお嫁さんにちょうどいい、と言って、盗み出してしまいました。「ヒキガエルのお嫁さんなんていやだわ」というと、かわいそうに思ったお魚さんたちが、スイレンの茎を食いちぎって、おやゆび姫が逃げられるようにしてくれました。その後、モグラと結婚させられそうになりましたが、ツバメさんが翼に乗せて、南の国に連れて行ってくれました。そして花の精（flower-sprite, De blomstens engel）の王子と結婚しました。

恩人、友人（benefactors, friends; velyndere, venner）社

会の下積みから出て上流階級に認められるまでに、アンデルセンを助けた人は非常に多い。子供時代は、誰よりもまず、読書を愛した父親と、無学ではあるが、愛情を全面に注いで育ててくれた母親、少年時代、故郷のオーデンセでシェークスピアの翻訳本を貸してくれた近所の婦人とか、クリスチャン王子に紹介してくれたヒュー・グルベアウ中佐（C.Høegh-Guldberg）とか。Henriette Hanck（1807-46）とHenriette Wulff（1804-58）は文通を通して、生涯分かり合える間柄であった。アンデルセンは恋愛の相談やら旅の記述を二人に送った。ギムナジウム時代（1822-27）にはソロー（Sorø）に詩人B.S.Ingemann（1789-1862）を訪れた。そして、最大の恩人はギムナジウムに通学する便宜を与えてくれたヨーナス・コリーン（Jonas Collin）と、その家族、晩年の住居を提供してくれて、最後を見送ってくれたメルキオール夫妻（Melchior）であった。

[か]

かがり針（童話1845, The Darning Needle; Stoppenålen）
かがるというのは布の端や破れ目をつくろうことです。英語darnはむずかしい単語ですが、デンマーク語stoppeは「とめる」の意味です。かがり針は細くてとがっていたので、自分は縫い針だとうぬぼれていました。料理女の持ち物でした。スリッパの革が破れたので、それを縫い合わそうと思ったのです。ところが、折れてしまいましたので、胸のハンカチに刺して、ネクタイピンにしました。しかし料理をしている間に流しに落ち、ドブの中に流れ出てしまいました。「さあ、これから旅に出るんだわ。でも、こんな世界に来るには、わたしは上品すぎるわ」と針が言いました。自分の頭の上を木くずや、ワラや、新聞紙の切れ端が流れて行きました。

そのうちピカピカ光るものが流れてきました。ちょうどよい話し相手が来たわ。「わたしはネクタイピンですが、あなたはダイヤモンドでしょう？」。すると彼氏は、びんのかけらなのですが、「ええ、まあそんなものです」と答えて、いろいろ自慢話をしました。ある日、子供たちが溝の中をかきまわしていました。古いクギや銅貨を探すためです。子供の指にかがり針がささってしまいました。「こいつ！」と叫ぶと、ちょうど流れてきたタマゴの殻に突き刺して、ポイと道に捨てました。その上を荷馬車が通ったので、タマゴの殻がグシャッとつぶれ、かがり針は横たわったままでした。

影絵（1831, Shadow Pictures; Skyggebilleder）アンデルセンが1831年夏、ハルツ、ザクセン、スイスを旅したときの旅行紀。ハルツ山地のイルゼ伝説が次のように記されている。ノアの洪水がドイツまで氾濫した。イルゼは婚約者と一緒にブロッケン山まで逃げ、絶壁に立った。二人は怒涛の川の中に飛びこんだ。この川はイルゼ川と呼ばれ、二人はいまも岩壁の中に住んでいるという。ベルリンでは『ペーター・シュレミールの不思議な物語』の著者アデルベルト・フォン・シャミッソーを訪れた。彼は自然科学の権威として世界中を旅し、いまはベルリンの植物園に勤務している。
［グリムのドイツ伝説317に「乙女イルゼ」Jungfrau Ilseがあり、ここではイルゼのみが生き延びている］

かけっこ（童話1858, The Racers; Hurtigløberne）森の動物たちが集まって、誰が一番走るのが速いか議論していました。それはウサギだよ、とロバが言いました。それはぼくだよ、とハエがぶんぶん飛びながら言いました。ツバメが言いました。ぼくは遠い国まで飛んで行けるよ。カタツムリじゃないかな。一年中自分の家を背負って歩いているもの。最後に野バラが言いました。「お日さまが一番だと思うわ。だって、森の中の生き物はみんなお日さまのおかげで育つのだし、生きていられるんだもの」。
［hurtig 'fast', løberne 'the runners'; løbe = 英leap, ドlaufen］

影法師（童話1847, The Shadow; Skyggen）影が成長して人間となり、お姫さまと結婚し、もとの人間が死ぬという話です。主人公の学者は真善美について本などを書いていましたが、一向に芽が出ませんでした。ある晩、バルコニーに出て、背伸びをすると、その影も壁にそって伸びて、天井まで大きくなりました。その後、またバルコニーに出て、向かいの家の壁に影が映っています。そこで学者はその影法師に向かって言いました。「ぼくの影法師くん、向かいの家の様子を探検して、報告してくれないか」。すると影法師がうなずいたので、部屋に戻って寝ました。翌朝学者はコーヒーを飲みながら新聞を読もうと思って外に出ると、自分の影がありません。おや、どうしたんだろう。昨晩の影法師は本当に向かいの家に行ったまま、帰ってこないんだなあ。

何年か経ったある日、ドアをノックする音が聞こえますので、「おはいり」と言うと、立派な身なりをした紳士が入ってきました。「私はあなたの影法師です。おかげさまで、私は万事がうまく行き、財産もできました。こんど、お姫さまと結婚しようと思っています」。

それから何年か経ち、影法師が学者を訪れました。「先生はまるで影法師のようですよ。今日は温泉にお連れしましょう」。その温泉場にはお姫さまも来ていました。お姫さまはダンスが上手で、お話もおもしろい影法師がすっかり気に入ってしまいました。「ところで、あなたのお友だちは？」「あれはぼくの先生で、いまはぼくの影法師になってしまったのですよ」「まあ、ふしぎね、でも監禁してしまったほうが無難ね」。こうして、もとの人間は幽閉され、人間になった影法師はお姫さまと結婚しました。

風は物語る－ヴァルデマー・ドーとその娘たちの話（童話1859, The Wind Tells of Valdemar Daae and his Daughters; Vinden fortæller om Valdemar Daae og hans Døttre）
ヴァルデマー・ドーはデンマーク民俗伝説に出る。彼は王様の親戚で、身分の高い人だった。仕事は船大工だった。シェラン島のボレビュー屋敷に美しい妻と三人の娘と一緒に住んでいた。妻が亡くなったあと、夫は錬金術に没頭した。ありあまる財産が壊滅し、立派な屋敷は他人の手に渡った。三人の娘はみな美しかったのに、屈辱的な人生を送ることになる。長女イーデは農奴の妻になり、次女ヨハンネは男装して船乗りになり、気立ての優しい三女アンナ・ドロテアは荒野の小屋に独身のまま一生を終わった。

下層階級から上流社会へ（from humble class to high society; fra ringe kår til det fine selskab）19世紀初期のデンマークの社会では階級が絶対的権力を握っていた。下層から上流へ這い上がれるのは、ほんの一握りの、才能のある人たちで、それが彫刻家トールヴァルセン（Bertel Thorvaldsen, 1770-1844, p.65）、王立劇場第一の女優ハイベア（p.139）、童話の王様アンデルセンであった。

家族（family; familie）アンデルセンの『影絵』の第3章に次のような個所がある。ハンブルクをたつとき馬車の旅客は20人だったが、だんだん少なくなり、6人になった。わたくしたちは大きな郵便馬車の両側に3人ずつ並んだ。トランプの三つのハートの両側のようだった。若いハンブルクの学生が言った。「わたしたちは小さな家族のようなものじゃありませんか。名前は結構ですが、国籍を知りたいものです」。そこで、めいめいがその国の偉人を言うことにした。私はデンマーク人だからトールヴァルセン（彫刻家）、私の隣のイギリス人青年はシェークスピアということになったが、ブラウンシュヴァイク、リューネブルクの乗客は名前をあげられなかった。トールヴァルセンをテーマにした童話『子供のおしゃべり』の子供は貧しく育ったが、デンマークを代表する彫刻家になった。

父を14歳で亡くしたアンデルセンを、コペンハーゲンのコリーン家（p.69）は家族の一員のように扱ってくれた。生涯を独身で過ごしたアンデルセンの晩年を家族のように見守ってくれたのはメルキオール夫妻（p.173）であった。

カタツムリとバラの茂み（童話1861, The Snail and the Rose Tree; Sneglen og Rosenhækken）カタツムリとバラが会話していました。カタツムリは自分の中にいろいろの物を持っていました。自分のお家も持っていました。「そのうちに大きなことをやって見せるよ」。バラが言いました。「わたくしは春になると花を咲かせて、たくさんの人を楽しませるし、恋人にバラの花を捧げることができるのよ。カタツムリさん、あなたは人間に何を提供できるの？」。カタツムリは子孫を残しましたが、何もしませんでした。バラは毎年新しい花を咲かせて、人々を楽しませました。

かたわ者（童話1872, The Cripple; Krøblingen）あるお屋敷に働いている夫婦がいました。オーレとキアステンという名前で、二人とも庭の除草をしたり、掘り起こしたりしていました。クリスマスのときは、いつも主人夫妻に招かれて、プレゼントをもらっていました。子供が五人いましたが、一番上の子ハンスは、小さいときは元気で活発だったのですが、ある日、突然「足なえ」(paralyzed in legs; slat i benene) になり、立つことも歩くこともできなくなってしまいました。もう五年も寝たままでした。しかしハンスは利発な子でした。本を読むのが好きで、手が器用でしたので、毛糸の靴下を編むこともできました。

ハンスがお屋敷からいただいたプレゼントは『木こりとその妻』という本です。そこにはアダムとイブの話とか、王様の病気を治すシャツの話とか、ボロ小屋に住んでいた漁師の妻が、こぎれいな庭つきの家に住み、お城のような御殿に住み、最後に、もっと欲張ったために、もとのボロ小屋に住まねばならなくなった話が載っていました。

ある日、お屋敷の奥様がハンスにパンと果物とジュースと、鳥かごに入った小鳥をプレゼントしてくれました。ハンスは昼間の唯一の友人である小鳥をとても大事にしました。両親も兄弟たちも、だれも家にいないとき、ネコが小鳥に飛びかかろうとしました。ハンスは全力を振り絞ってネコを追い払おうとしたとたん、立ち上がったのです。立ち上がれたのです。どんなに嬉しかったでしょう。両親も兄弟たちも、お屋敷の主人夫婦も、ときどき昼間にお見舞いに来てくれた校長先生も、どんなに喜んでくれたでしょう。一週間後、ハンスは旅に出ることになりました。海を渡ってラテン語学校(ギムナジウム)で学ぶためです。

［最後の場面はアンデルセンが17歳のときと同じ。足なえが治ったところに、神の加護が見られる。漁師の妻の話はグリム童話『漁師とその妻』にあり］

鐘（童話1845, The Bell; Klokken）都会のせまい往来で、日が沈むころ、ときおりふしぎな音が聞こえてきました。教会の鐘に似ていましたが、それとは、違うようでした。人々は言いました。「また、夕方の鐘が鳴っている」。あの森の中に教会があるんだろうか。堅信礼を済ませた子供たちが、ふしぎな鐘の音の出るところを探検に出かけました。しかし、なかなか見つからないので、そして疲れてしまったので、みんな家に帰ってしまいました。

最後に王子と貧しい少年が残りました。よし、競争だ。違う道を行こうよ。王子はいま来た道を森の奥深くへどんどん進んで行きます。お日さまが沈んでしまわないうちに岩山の上に登って行こう。頂上に着くと荘厳な大海原が目の前に広がっています。すると右手の小道から、まずしい少年が登ってきました。二人は同じ目的地にたどり着いたのです。二人はたがいに駆け寄って握手しました。すると目に見えない聖なる鐘の音が二人の上に鳴り響きました。

鐘が淵（童話1858, ; Klokkedybet）オーデンセ川の両岸にはいろいろの木が立ち、花が咲いています。聖アルバニという古い教会の鐘が、ディンダン、ディンダンと鳴らしながら揺れているときに、突然、鐘がはずれて、川の中に飛びこんでしまいました。このあたりは鐘が淵と呼ばれました。そこに川の精（water nymph; åmand）が住んでいました。川の精は昼間に寝て夜、起きているのです。鐘は古いお話を川の精に語って聞かせました。女子修道院に住んでいる修道女にお坊さんが思いを寄せていたとか、クヌード王が重い税金で人々を苦しめたとか。

カラーの話→シャツの襟、またはカラーの話（p.76）

[き]

木の精ドリアーデ（童話1868, The Wood Nymph; Dryaden）木の精ドリアーデのドリdry-はギリシア語で「木」の意味です。英語のtreeと同じ語根からきています。さてこの木の精ドリアーデは、まだ子供で、マロニエの木に住んでいました。この木が、人間たちと一緒にパリの万国博覧会に行くことになりました。昔のように馬車ではなく、汽車で来たのです。そして、いまパリの大きなホテルにいます。木の精ドリアーデは人間の話も動物の話も理解できました。羊飼いの娘ジャンヌ・ダルクや、アンリ四世やナポレオンの話もわかりました。万国博覧会は芸術と工業のすばらしい花です。新しい時代のアラジンのお城が建てられたのです。エジプトの王宮、砂漠の国の隊商の宿、ロシアの馬小屋、グスタヴ・ヴァーサの木造の家、アメリカの小屋、イギリスのコテージ、教会、劇場、魔法の都です。［1867年アンデルセンはふたたびパリの万博に行った。デンマークの新聞記者が、チャールズ・ディケンズ以外、だれも万博を描写することはできないだろうと書いた。そこで、私はこの童話を書いてみようと思った、とアンデルセンは記している]

ギムナジウム（gymnasium, grammar school）ギムナジウムはギリシア語で体育場（ジム）の意味だが、学科の訓練場、つまり、学校の意味に用いられた。中世のヨーロッパではギリシア語・ラテン語の教育を重視したので、文法学校（grammar school）とも呼ばれる。アンデルセンは初等教育が十分でなかったので、ヨーナス・コリーンは官費でスラーゲルセ（Slagelse, コペンハーゲンから93キロ）のギムナジウムで学べるように手配してやった。

逆境（adversity; modgang）初期のアンデルセンは逆境との戦いであった。人は最初たくさん苦労しなければならない。だが、そうして、人は有名になるのだ（One has to go first through many hardships, and then one becomes famous; Man gaar først saa gruelig meget ondt igennem – og saa bliver man berømt.）1819年、14歳のとき、お金もコネもなく、単身、王様の都コペンハーゲンに出て、食うや食わずの生活を送るが、1835年、30歳のとき、『即興詩人』と『童話第一集』を出して、祖国デンマーク、ドイツ、そしてやがて全ヨーロッパに知られるにいたった。

シェークスピアは逆境を次のように定義している。
Sweet are the uses of adversity,

which, like the toad, ugly and venomous,
wears yet a precious jewel in his head. (As You Like It.)
逆境の効用はおいしい。
みにくい有毒なヒキガエルだが
その頭脳は宝石を蓄えている。[cf. ヒキガエル p.151]

兄妹愛 (brother-sisterly love; bror-søsterlig kærlighed) アンデルセンがルイーズ・コリーンに対して抱いていた愛(1830)とイェンニー・リンドに対していた愛(1843)は恋愛であったが、ルイーズからアンデルセンに対する愛、イェンニーからアンデルセンに対する愛は兄に対する愛(sisterly love, søsterlig kærlighed)であった。ルイーズへの愛は『人魚姫』(1837)となって、報いられぬ恋の悲しさを人魚姫に託した。『ナイチンゲール』(1843)はスウェーデンの歌手イェンニーを思って書いた。

今日もわれらに…「今日もわれらに日々のパンを与えよ」Give us this day our daily bread (デGiv os i dag vort daglige brød)はマタイ伝の主の祈り(Lord's Prayer)の一句であるが、小さな女の子が「バターもたっぷりつけてね」(and plenty of butter on it, デog dygtig smør på)と小さな声で言った。母が娘に尋ねた。「お祈りのあとで、何か小声で言ったでしょ。なんて言ったの」。すると娘が「お母さん怒らないでね。バターもたっぷりつけてね、とお願いしたの」。[『絵のない絵本』第32夜]

切り絵（paper cuttings ; klip, p.12）アンデルセンは手が器用で、ハサミを使って、童話のコウノトリや、白鳥や、錫の兵隊や、その恋人の踊り子など、登場人物を二、三分で作ることができた。招待された宮廷や家で物語を朗読し、それを見せて喜ばれた。文献：Poul Uttenreiter: H.C. Andersen Billedbog. Copenhagen 1924.

キルケゴール（Søren Kierkegaard, 1813-1855）デンマークの哲学者。アンデルセンの小説『ただのバイオリン弾き』に対する書評『生存している人の論文より。意思に反して出版された－小説家としてのアンデルセン、最新作ただのバイオリン弾きに関連して』の中で、「アンデルセンの小説の欠点は苦闘する天才ではなく、逆境を経験しただけで天才といわれた泣き虫にすぎない」と言っている。「甘えるな」ということらしい。キルケゴール全集10巻（白水社）に『死に至る病』『あれかこれか』などがある。

銀貨（童話1865, The Silver Shilling; Sølvskillingen）一枚の銀貨が子供の温かい手に握られたり、欲張りの冷たい手に握られたり、デンマークの国の中を1年間旅しましたが、一人の紳士が外国へ旅行することになり、お財布の中にまじって一緒に出かけました。途中でフランスやイタリアの仲間が乗ってきました。外国で、おもてに出されたとき、「おや、これはにせものだ。この銀貨に穴をあけて、飾り物にしよう」と穴をあけられてしまいました。ぼくは穴にひもが通されて、子供の首飾りになりました。ある日一人の旅行者が来て、ぼくを見つけると、おや、これはぼくの国の貨幣じゃないか、となつかしがると、ぼくは、ふたたび故郷に帰ることができました。

［アンデルセンがイタリアのチヴィタヴェッキア（Civitavecchia, 'old city'）からリヴォルノ（Livorno）に向かう船の上で1スクード（scudo, 5リラ銀貨）を小銭に両替したとき、にせの2フラン貨幣をつかまされた。腹がたったが、そのまま受け取り、この童話を書くことにした。scudoは「楯」の意味。shilling, skillingはskild「楯」の指小形で、小さな楯の意味。英国ではシリング、ドイツでもシリングSchilling, デンマークではスキリング。アンデルセンは、ほんのちょっとした品物や事件を童話にした］

［く］

草花（flowers; blomster）→花（p.142）

グリム兄弟（Jacob Grimm, 1785-1863, Wilhelm Grimm, 1786-1859）グリム童話はアンデルセン童話と並んで、この分野の二大文献であるが、グリムが民族童話（＝民話Volksmärchen）であるのに対して、アンデルセンは創作童話（Kunstmärchen）である。アンデルセンの『エンドウマメの上に寝たお姫さま』はグリムにもあらわれる。グリム童話の『エンドウマメのテスト』（Erbsenprobe）はアンデルセンのに似ているという理由で、グリム童話の第6版（1850）と最終版（第7版、1857）以後、除外されたが、のちに付録（Anhang）27として採録された。『子供と家庭のための童話』（1812-15, 略称KHM）と『ドイツ伝説』2巻（Deutsche Sagen）は2人の編集であるが、グリム童話が好評だったのは、やわらかいペンの持ち主（weichere Feder）といわれる弟のヴィルヘルムによることと、兄弟の弟ルートヴィッヒ（Ludwig, 1790-1863）の挿絵による。ルートヴィッヒはグリム兄弟姉妹6人の末弟で、グリム童話の挿絵のほかに兄弟の肖像を描いた。カッセルのアカデミーの教授だった。兄のヤーコプは『ドイツ語文法』4巻、『ドイツ神話学』2巻、『ドイツ法律故事誌』2巻、『ドイツ語の歴史』2巻の著書があり、グリムの法則（英語day, drinkがドイツ語でTag, trinkenとなる）で有名な言語学者である。ヤーコプとヴィルヘルム共同の仕事は『ドイツ語辞典』もある。これは生前1854-1862年に出た最初の3巻のForscheの項目までで、その後、大勢の専門家により引き継がれ､1961年全32巻で完成した。1985年グリム生誕200年を記念して33巻のペーパーバックの廉価版が出版された（第33巻は資料索引；約10万円）。グリムのドイツ語辞典はOxford English Dictionary（1928, 12 vols. 1989^{2}, 20 vols.）に匹敵する国家的事業だった。[参考書：下宮『グリム童話・伝説・神話・文法小辞典』同学社2009]

アンデルセンとの交友関係：1844年夏、アンデルセン（39歳）はベルリンのヤーコプ・グリム（59歳）を訪れた。アンデルセンは当然、相手が自分を知っているものと思って紹介者を通さずに、直接、訪ねたのだが、ヤーコプはアンデルセンの名を知らなかった。弟のヴィルヘルムなら当然知っていたはずである。アンデルセンはどこへ行っても歓迎されたのに、こんなみじめな思いをしたのは初めてだった。2週間後、ヤーコプ・グリムはコペンハーゲンに来て、まっすぐにアンデルセンの住むホテルに行った。「先日はごめんなさい。あなたがどういう方か分かりましたよ。あなたの童話を読みましたよ」と言った。そして、1845-46年のクリスマスにアンデルセンはベルリンのグリム兄弟に何度か会い、親交を結んだ。

[け]

景色の描写（winter scenery）アンデルセン童話が民話一般と異なる点は、自然や草花の描写が詳しいことである。『アザミの体験』『年の話』『雪ダルマ』など。

堅信礼（confirmation; konfirmation）→聖クヌード教会（p.90）

賢者の石（童話1861, The Stone of the Wise; De Vises Steen）賢者の石は真・善・美から凝縮された宝石のことです。伝説によると、デンマーク人ホルガー（p.111）は遠い世界の果てインドまで征服し、そこに太陽の木を発見しました。その森にはシュロ、ブナ、マツ、プラタナスなど世界中の木が生えていました。アメリカの原始林から、アフリカの奥地から、あらゆる鳥が飛んできました。そして太陽が明るい光をそそいでいました。この国に最も賢い人が住んでいました。賢いソロモン王以上の人です。賢者はこの世の一番の宝である「真理の書」をいつも読んでいました。賢者には四人の息子と一人の娘がありました。娘は目が見えません。

四人の息子は、それぞれ特技を持っていました。そして世界に飛び立ちました。長男は視覚にすぐれ、人間の胸の中を見通すことができました。その目で真・善・美を見極めようとしました。しかし、一万人の人間よりも賢い悪魔がやって来て、その目の中に塵を吹き込みました。こうして目の働きはだめになりました。

兄が帰らないので、次男が出発しました。次男は鋭い耳を持っていました。耳があまりにも敏感でしたので、人間の喜びや悲しみがまるで時計工場のように、チクタクチクタクと響いてきました。

兄たちが帰らないので、三男が出発しました。詩人で、嗅覚が発達していました。真・善・美について歌いました。悪魔はがまんができません。王の香り、教会の香り、名誉の香りを蒸留して詩人にかがせました。詩人はその香りの煙の中におぼれてしまいました。

三人とも帰らないので、四男が出発しました。味覚がすぐれていました。都会の大きな教会の塔に降りました。下を見下ろすと、いろいろの人間の虚栄心が見えました。彼らの鉄なべの中をかきまわして味わってみよう、と言いながら、いつまでも座っていました。

インドの国に誰も帰ってきませんでした。父親が言いました。「息子たちはうまくいかなかったらしい。賢者の宝石が見つからなかったらしい」。いまや、娘だけが父親の慰めであり、喜びでした。娘は長い間つむいだ糸の片方のはしを父の家に結びつけて出発しました。そして、騒々しい世界にやってきました。悪魔は、この娘とそっくりの少女を作りました。人間には二人の区別がつきません。盲目の娘は神様を信じて歌いました。そして、悪魔の誘惑に打ち勝って、思想の翼に乗って、糸をたぐりながら、故郷に帰りました。父親の書物の中に「信仰」（belief; tro）という言葉が見えました。気がつくと、かたわらに四人の兄が立っていました。娘が四つの風に託した四枚の緑の葉を見て、郷愁を感じ、祖国に帰ってきたのです。
［賢者の石は西洋中世の錬金術師が探し求めたもので、物質を金に変えたり万病を癒したりすると信じられた］

［こ］

恋人→リボーウ・フォークト（p.184）
ルイーズ・コリーン（p.70）
イェンニー・リンド（p.187）

幸運児ペール（1870, Lucky Peer; Lykke-Peer）アンデルセン最後の小説。ペールは両親と一緒に屋根裏に住み、バレエダンサーと歌手をかねるのだが、アンデルセン自身の王立劇場での経験が反映されている。ピアノ教師、薬屋の娘、男爵未亡人の令嬢などが助けてくれて、出世する。

幸運の長靴（童話1838, The Galoshes of Fortune; Lykkens Kalosker）コペンハーゲンのあるお屋敷でパーティーが開かれていました。話題は中世と現代のどちらがよいかということでした。法律顧問官クナップはハンス王（King Hans, 1481-1513, デンマーク・スウェーデン・ノルウェー王を兼ねる）の時代がよかったという意見でした。ところで、このお屋敷の玄関にはステッキや傘や長靴がたくさん置いてありました。その長靴の一つが幸運の長靴でそれを履くと、自分の行きたいところへ行くことができるのです。顧問官は、家に帰るときに、うっかりこの長靴を履いてしまったものですから、彼が望んでいたハンス王の時代に行ってしまったのです。ですから、ふだんは立派な舗道なのに、今晩は、ぬかるみです。おや、街灯もみんな消えている。そうだ、辻馬車に乗って帰ることにしよう。だが辻馬車はどこだ。店が一軒もないじゃないか。しばらく行くと、酒場をかねた宿屋に出ました。おかみさんに「クリスチャンスハウンまで辻馬車を呼んでくださいませんか」と頼みましたが、15世紀のことですから、話が通じません。おかみさんは相手が外国人なのだと思って、ドイツ語で話しましたが、よく分かりません。顧問官が「おやこれは古い新聞ですね。オーロラのことが載っている。これは電気の作用で起こるんですよ」と言うと、まわりの人たちは驚いて「あなたはお詳しいですね。よほどの学者ですね」と言いながら、ラテン語を使ったりしました。人々は「ブレーメンビールを一緒に飲みませんか」と話しかけました。

顧問官はいままで、こんな野蛮で無学な連中と一緒になったことは、ありませんでした。まるでデンマークが異教の昔に戻ってしまったようでした。「そうだ、なんとかして逃げ出そう」と戸口まで這って出たところで、長靴が、追いかけてきた人たちに、つかまってしまいました。しかしさいわいなことに、長靴がぬげて、それと同時に魔法も解けてしまいました。そして、顧問官は東通りに出て辻馬車に乗って家に帰ることができました。

［galosh < フ galoche < ラ Gallicula ガリアの小（靴）］

皇帝の新しい着物→裸の王様（p.141）

コウノトリ（童話1839, The Storks; Storkene）コウノトリのお母さんが四羽のヒナと一緒に巣の中にいて、お父さんが近くで見張りをしていました。道の上で子供たちが遊んでいました。ヒナを見て、からかいました。「一番目はつるされる、二番目は突き刺され、三番目は火に焼かれ、四番目は盗まれる」と歌っていました。「お母さん、ぼくたちつるされたり、突き刺されたりするの？」「あんな歌気にしなくていいのよ」。ペーターという男の子が、動物をからかっちゃいけないよ、と言いました。春が過ぎて夏が来ると、ヒナたちはすっかり大きくなりました。お父さんはカエルやヘビのごちそうを持ってきてくれました。秋になったら暖かいエジプトに飛んで行けるように、猛練習をしました。あのペーターという子にかわいい妹と弟を連れてきてあげましょう、とお母さんが言いました。お前たちもみんなペーターと呼ぶことにしようね。

幸福な家族（童話1848, The Happy Family; Den lykkelige Familie）はお屋敷の庭に住んでいるカタツムリの老夫婦のことです。カタツムリはスカンポの葉が大好きです。この葉はとても大きく、子供が頭の上にかぶると、雨傘のかわりになるほどです。カタツムリの夫婦は、雨の日は、ちゃんと自分の家があるし、食料は食べきれないほど、スカンポの葉があるし、しあわせな日々を送っていました。カタツムリは人間にとっては、ご馳走です。早く、料理されて、銀のお皿に乗ってみたいなあ、などと言っていました。二人には子供がいませんでしたので、養子をもらいました。その子が大きくなったので、お嫁さんをもらうことにしました。お嫁さんは、人間の足で百歩のところにあるグスベリの茂みに住んでいました。結婚式には六匹のホタルが光ってくれました。そして子供がたくさん生まれました。年老いた夫婦は安心して息を引き取りました。
［カタツムリは『カタツムリとバラの茂み』にも出る］

氷姫（童話1861, The Ice Maiden; Iisjomfruen）15章からなる長編童話。主人公ルーディの父は駅馬車の御者だったが､1歳のときに亡くなった。母は1歳の私をおぶってグリンデルヴァルト（Grindelwald）にいる母の父、つまり、私の祖父に会いに行った帰りに雪のクレバスに落ちて死んだ。私だけは、なんとか助かった。私は小さいときから祖父の作る土産物の木細工を売りに歩いた。8歳のとき、祖父が亡くなったので、ローヌ渓谷に住む叔父に引き取られた。氷姫は氷河の王の娘で、氷河の支配者である。氷河を侵しにくる人間に敵意を抱いている。母はその犠牲になった。ルーディは20歳になり、村一番のカモシカ猟師になっていた。村のふもとに水車小屋の娘バベッテがいた。バベッテの父は、娘は高いぞ、断崖のワシの巣からヒナを取ってくることができたら娘をやろう、と言った。ルーディは危険をおかして取ることに成功した。いよいよ明日はヴィルヌーヴ（Villeneuve「新しい町」の意味）で結婚式だ。前の晩、二人はボートに乗り、小さな島に上陸した。しかし、つないであったボートが流れたので、ルーディは飛びこんでボートを取り戻そうとした。だが、ルーディは湖に飲まれたまま帰ってこなかった。幸福の絶頂にあったときに、またもや氷姫に連れ去られたのだ。
［1816年アンデルセンの父が死んだとき、母は氷姫が連れ去ったのだと言った。Rudy＜Rudolf＜hruod 名声, wolf 狼；Babette＜Barbara *or* Elizabeth］

コガネムシ（童話1861, The Goldbug; Skarnbassen）コガネムシが皇帝の馬小屋に住んでいました。馬は皇帝のために働き、敵から皇帝を救ったので、金の靴をいただきました。その馬小屋に住んでいたので、コガネムシは自分をとても立派なムシだと思っていました。旅行に出ることになりました。花園にはバラやラベンダーの花が咲いて、よいにおいをふりまいていました。葉の上に一匹の青虫がはっていました。私はチョウになるのよ、と自己紹介しました。コガネムシは青ガエルに出会いました。ハサミムシの家族と出会って、その娘と婚約しましたが、結婚する前に、また旅に出てしまいました。最後に皇帝の馬小屋に帰り、仲間に外国旅行の冒険談を語りました。

ゴス（Sir Edmund William Gosse, 1849-1928）英国の詩人、批評家。『北欧文学研究』（Studies in the Literature of Northern Europe, 1879）は北欧作家への興味を喚起した。1872年7月22日、メルキオール宅に滞在していたアンデルセンを訪問した。23歳のゴスが「ブリティッシュ・ミュージアムからの英国人で、あなたのファンです」と自己紹介して、一緒に食事をした。そのときの印象をこう記している。「背の高い紳士がドアにあらわれた。褐色の背広を着ていた。大きな手で握手した。目は小さいが、いきいきとしていた。私の手は流れる小川の中の小石のように感じられた。顔は農夫の顔をしていた。しかし話し始めると、天才が目の前に立っていることを確信した。バルコニーから海を眺めながら、書き上げたばかりの童話『かたわ者』（1872, The Cripple; Krøblingen）を読んでくれた。デンマークの大勢の子供がこの語り口を聞いたのだと感じた。アンデルセンは最近作の童話の英訳出版を熱望したが、1873年3月18日の手紙で、自分の努力が功を奏さなかったこと、理由は英国とデンマークの間には版権制度が確立していないので、海賊版が横行して、従来の出版社が困っているからだ、と。1874年春、ゴスは2度目の訪問をした。

子供たちと遊ぶクマ（童話1839「絵のない絵本」31話 The Bear Playing with Children; Bjørnen som leger med Børn）お月さまが、いつものように、空から地上を眺めていました。小さな町の宿屋でクマ使いが夕食をとっています。クマは外で待っていましたが、つまらないなあ、と、明かりのついた屋根裏部屋へ上がって行きました。そこには三人の子供が遊んでいました。6歳から2歳までの、まだちいさな子供です。大きなクマが入ってきたので、ビックリ。でも、クマさんは何もしません。「これは大きなイヌなんだ、ワンちゃんなんだ」。退屈していた子供たちもクマも大喜び。子供たちはキャッキャッ言いながら、クマになでなでをしてあげました。そうだ、兵隊ごっこをしようよ。ところが、騒音にお母さんがかけつけてきて、ビックリ。お母さんがクマ使いを呼びに行きました。

子供に語る アンデルセンはコリーン家や、王侯貴族の荘園で、自分の童話を読んで聞かせることが好きだった。「子供たちは馬車に乗って出発しました」（Børnene kom paa Vognen og saa kjørte de）というところを「子供たちは馬車に乗りましたよ。さよならパパ、さよならママ、ムチがピシッ、ピシッと鳴って、みんな行ってしまいました。

さあきみも行くかい？」と言ったものです。(Saa kom de paa Vognen, farvel Far, farvel Mor, Pidsken smældede smæk, smak, og væk foer de, hei vil du gaae) Larsen, p.95.

子供のおしゃべり（童話1859, Children's Prattle; Børnesnak）ある商人の家で子供たちのパーティーがありました。子供たちは、みんな自慢をしていました。一人が言いました。「私は侍従の子よ」。別の子が言いました。「私のパパはチョコレートを100リグスダラーも買って、それをまき散らすことができるのよ」。すると別の子が「…センで名前が終わっている人はえらくなれないんですって」。作家の娘が言いました。「うちのパパは、みんなのパパを新聞に出すことができるのよ。みんな、うちのパパをこわがっているんですって。新聞を支配しているのは、うちのパパなんですから」。そのとき、ドアのそとに、一人の貧しい男の子がいて、すきまから中をのぞいていました。この子のお母さんは、このお屋敷の料理女として雇われていたのです。

あれから何年もたちました。男の子はイタリアに留学して立派な彫刻家になりました。トールヴァルセン（Thorvaldsen, p.46）はセンで終わっていましたが、立派な人になりました。町の大きな家に、男の子の作品を見るために毎日、大勢のお客さんが訪れました。

［アンデルセンがイタリアで彫刻の創作をしていたトールヴァルセンを訪問したとき、子供時代の話を聞いて、童話にした］

子供部屋で（童話1865, In the Children's Room; I Børne-stuen）お父さんもお母さんも、兄弟も、芝居を見に行ってしまいましたので、子供部屋には小さなアンナと名付け親のおじさんが留守番をしていました。「お芝居をしよう」とおじさんが言いました。まず、本を立てて劇場を作り、パイプ、手袋、チョッキ、長靴を登場人物にしました。パイプは父親、手袋はその娘、そして長靴が手袋と結婚するというお話です。式も無事に終わり、めでたし、めでたし。入場料はただだし、面白かったね。さあ、お茶にしよう。［アンデルセンが子供のとき、父親は息子のために仕事場で紙の劇場を作って一緒に遊んでくれた］

子ブタの貯金箱（童話1854, The Money-Pig; Pengegrisen）子供部屋の箪笥の上に子ブタの形をした貯金箱があります。この貯金箱は銀貨と銅貨で一杯でした。この部屋一番のお金持ちで、この部屋のおもちゃが全部買うことが出来るほどでした。社会的な地位のある人間にたとえれば、名誉と業績が満載というところでしょう。ある晩、お人形が、ねえ、みんな、人間ごっこをしない、と提案しました。壁の絵も、ベビーカーも大賛成。古時計はティーク、ティーク、ベビーカーはシュルシュル、木馬はキューラキューラ、時計は政治を論じ、ベビーカーは鉄道と蒸気のスピーチをしました。子ブタの貯金箱は拍手するつもりで、ガチャーンと落ちてしまいました。銀貨も銅貨も、しめしめ、これで世の中に出て行けるぞと、バンザーイしました。

コペンハーゲン（Copenhagen; København）デンマークの首都。アンデルセンは「王様の都」（King's Town; kongens by）と呼んで、子供のころからあこがれていた。1819年9月4日故郷のオーデンセを母親とおばあさんに見送られて、郵便馬車で出発し、2日後、9月6日の朝、コペンハーゲンに着いた。お金も、たいしたコネもなかったので、これから3年間、苦労（1819-1822, hard times; meget ondt igjennem）が続いた。コペンハーゲンは16世紀には単に「港」ハウンHavnと呼ばれ、ラテン語でHafniaと書かれていた。その後、ほうぼうに港が作られたので、区別するために「商人の港」Københavnと呼ばれた。købenは「商人」の複数属格。北港Nordhavnen（-enは定冠詞）、南港Sydhavnen, 自由港Frihavnen（自由は凍らない、あるいは無料の）、クリスチャン王の港（クリスチャンスハウンChristianshavn）など。

コマとマリ（童話1843, The Top and the Ball, The Sweethearts; Kjærestefolkene）原題は「最愛の人たち」（kære愛する＋ste最上級＋folk人々＋ene定冠詞）だが、岩波文庫では「仲よし」となっている。主人公はコマとマリで、コマはお屋敷の男の子の、マリは女の子のオモチャである。オモチャ箱にたくさんのオモチャが入っている。オモチャは夜の12時になると、人間のようにお話をすることができるのです。ある晩、コマがマリに言いました。「ぼくたち恋人にならない？」。マリはモロッコ革製で、上流階級のお嬢さんだと思っていたので、そんな、はしたない質問には答えられません（オモチャにも階級があるらしい）。翌日、コマは赤と黄色に塗られたので、すっかり美男になりました。その晩、コマはマリに言いました。「見てよ。ぼくたち恋人になれると思わない？　きみは跳ぶのが得意だし、ぼくはダンスが得意だ。ぼくたちほど似合いの夫婦はないと思うよ」「わたしの両親はモロッコ革のスリッパだったのよ。そして、わたしのおなかにはコルクが入っているのよ」「ぼくだってマホガニーの木でできているんだ。市長さんが子供のとき、ぼくをまわして遊んだんだよ」「実は、わたし、ツバメさんと半分婚約しているのよ。空中に飛び上がるたびに、巣の中から、いいでしょ？いいでしょ？って言うのよ。それで、わたし、心の中でハイって言ってしまったの。これは半分婚約したようなものでしょ（as good as half an engagement; så godt som en halv forlovelse）」。

次の朝、マリは空高く飛んでゆきました。何回か戻ってきましたが、9度目に見えなくなってしまいました。そして、その晩はオモチャ箱に帰ってきませんでした。「マリはツバメの巣に行って、結婚してしまったんだ」とコマはため息をつきました。彼女がいなくなってしまうと、ますます恋しくなりました。ある日、コマは金色に塗られ、とても美しくなりました。そして、いままでにないほど高く飛んで、ついに見えなくなりました。家の人たちが一生懸命探しましたが、見つかりません。コマは地下室の窓を破ってゴミ箱の中に飛び込んでしまったのです。そこにはキャベツの茎や、紙くずや、雨樋（あまどい）から落ちてきたゴミや、腐ったリンゴのようなものがありました。そのリンゴは昔のマリだったのです。「お話し相手になれそうなものが来たわ」と彼女は言いました。「わたしはツバメと結婚するつもりだったの。だけど、雨樋に落ちて、5年間も水につかっていたので、ブヨブヨになってしまったの」。翌朝女中がゴミ箱を掃除しに来てコマを発見しました。「あら、こんなところにあったわ」とコマだけは昔のオモチャ箱に戻り、栄光の座につくことができました。

［1843年、アンデルセンは偶然コペンハーゲンの街かどで初恋のリボア・フォークトが子供連れでいるところに出会った。アンデルセンは早速その晩にこの物語を書いた。「コマとマリ」「ナイチンゲール」「みにくいアヒルの子」「天使」の4編を収めた冊子は1843年11月に850部出版され、好評ですぐに売り切れた。クリスマスに間に合うように出版社ライツェルから850部増刷の通知がきた］

コリーン家（familie Collin）コペンハーゲンのBredgadeにあり、ヨーナス夫妻、息子、娘がアンデルセンをいろいろと助けてくれた。

①**コリーン、ヨーナス**（Jonas, 1776-1861）アンデルセンに基礎教育がないのを知って、ギムナジウムに通学できるように取り計らってやった。父親代わりに、孤独なアンデルセンを自宅に招き、家族同様に扱った。アンデルセンは、なにごとも相談した。

②**コリーン、エドヴァート**（Edvard, 1808-1886）ヨーナスの息子。妻ヘンリエッテとともに、アンデルセンを長い間支え続け、アンデルセンの財産管理をした。Edvardの発音は［ˈɛðvɑːd］で、最後のdは無音のdなので［t］と聞こえる。この名は英国から来たので-dを発音する。
③**コリーン、ヘンリエッテ**（Henriette）エドヴァートの妻。アンデルセンと長い間文通した。
④**コリーン、ルイーズ**（Louise, 1813-1898）リボア（Riborg）との恋を報告すると、そうなの？そうなの？と妹のように熱心に聞いてくれるうちに、彼女に恋してしまった。コリーン家で、青い目の、一番かわいい娘だった。『人魚姫』は彼女自身である。彼女は1833年陪審判事（auditør）リンド（Lind）と婚約し、結婚後も、交友関係を続けた。
⑤**コリーン、インゲボー**（Ingeborg）ルイーズの姉。アンデルセンからルイーズにあてた手紙を点検した。後年、その息子Viggo Drewsenと一緒に旅行したり、遺産を遺言で贈ったりした。

混血児（The Mulatto）5幕の韻文劇。劇場用の作品のうちではアンデルセンの最大の成功作であったが、新聞で剽窃だと指摘された。これはフランスのファニー・レボー（Fanny Reybaud）の短編『漂流物』（Les épauves）のプロットを借りたもので、アンデルセンは原稿にそれを明記したのだが、技術上の理由で印刷所が削除してしまった。アンデルセンは、これにかわる『ムーア人の娘』

（Maurerpigen）を書いた。［mulattoはmulo「ラバ；雄ロバと雌馬の混血」の指小形］

［さ］

最後の真珠（童話1854, The Last Pearl; Den sidste Perle）は悲しみの真珠です。床の中央に、ふたのしていないひつぎが置いてありました。一家の主婦が亡くなって、横たわっていました。バラの花にすっかりおおわれていました。ひつぎのわきに夫と子供たちが立っていました。こうしてみんなが最後のお別れをしていたのです。この部屋に悲しみという母親が座っていて、熱い涙が一粒、ひざの上にこぼれ落ちると、それが真珠になり、美しい虹色に輝きました。これは悲しみの真珠です。人は悲しみを知ると、本当の幸福が分かり、ほかの人にもやさしくしてあげられるのです。人生になくてはならない最後の真珠です。この世を天国につなぐかけ橋なのです。

［『真珠の飾りひも』はデンマークの鉄道を語っている］

財産（property; formue）食うや食わずの生活を送っていたアンデルセンは、1838年から詩人年金が国王から下賜され、最初は年額400リグスダラーだったものが、1845年から600リグスダラーに増額し、1860年には1,000リグスダラーになった。その財産はエドヴァート・コリーンが管理してくれた。1872年3月4日現在、総額19,824リグスダラーと30スキリングであった（G.Nygaard, p.153）。2億円ぐらいだろうか。

砂丘の物語（童話1859, A Story of the Sand Dunes; En Historie fra Klitterne＜klitはsandbanke砂丘）舞台はユトランド半島です。スペインの若い夫婦がしあわせに暮らしていました。夫が王様からロシアの宮廷に大使として派遣されることになりました。妻の父親は裕福な商人で大きな船をもっていました。この船がちょうどストックホルムへ行くことになっていたので、夫婦はこの便で旅立ちました。北海を渡っているとき、大きな風が吹きまくり二本マストの立派な船が砂州に乗り上げ座礁してしまいました。スペインには「船は完全に沈没、全員死亡」と伝えられました。しかし、一人だけ助けられました。上品な女の人でした。浜辺のひとたちは懸命に介抱しましたが、赤ちゃんを産み落とすと、息絶えました。子供は貧しい漁師夫婦に引き取られ、イェルゲンと名づけられました。ちょうど5歳の息子が亡くなったばかりだったのです。

イェルゲンは立派な若者に成長し、クララという娘と結婚することになりましたが、二人の乗った船がノルウェーに向かう途中で、またもや暴風雨のために沈没してしまいました。イェルゲンはクララを抱いて海に飛び込み、必死に海岸まで泳ぎ着きましたが、クララはすでに息絶えていました。クララを抱いたまま、スカーゲンの砂丘にたどりついたイェルゲンは村の人たちの介抱で命だけは助かりましたが、白痴のイェルゲンと呼ばれて、脳は生き返りませんでした。遠い昔に娘をなくしたスペインの商人は、せめて、娘の子にめぐりあいたいと思いましたが、願いはかなえられませんでした。

挿絵（illustrations, illustrationer）アンデルセン童話は挿絵画家の好個のテーマになった。アンデルセン生前の画家はペーザーセンVilhelm Pedersen（1820-1859）とローレンス・フレーリクLorenz Frølich（1820-1908）であった。［文献］デンマークの画家による100点Erik Dal編Danske H.C.Andersen-illustrationer 1835-1975 med 100 illustrationer and English summary（Forening for Bog-haandværk 1975, 189pp.）；外国人画家による100点Erik Dal編Udenlandske H.C.Andersen-illustrationer.100 billeder fra 1838 til 1968（København 1969. 160pp.）

さやから飛び出た五つのエンドウマメ（童話1852, Five out of One Shell; Fem fra en Ærtebælg）一つのさやから5粒のエンドウマメが飛び出して、男の子の手のひらにいました。豆鉄砲にちょうどいいや、と言うと、つぎつぎに飛んで行ってしまいました。最後の粒は小さな屋根裏部屋の窓の下に落ちました。ここには貧しい母親と病気の娘が住んでいました。春になると、そのエンドウマメが芽を出して、花をつけました。母親も娘も、その成長を毎日楽しむようになりました。1週間たつと、娘は、エンドウマメの成長と同じように、だんだん元気をとりもどしました。「神さまが、お前に希望と喜びをお与えくださったのだよ」。それからは、母親は安心して仕事に出かけられるようにな

りました。[エンドウマメの木箱はアンデルセンの子供のころ、わたくし自身の花園だったと書いている]

[し]

詩人Ingemann（Bernhard Severin, 1789-1862）インゲマンは英国のスコットの影響で、デンマーク中世に取材した歴史小説により知られる。Sorø（ソロー）に住むインゲマンをアンデルセンはしばしば訪れた。アンデルセンが最も尊敬していた詩人はエーレンスレーア（p.35）であった。デンマーク語の詩人digterはドイツ語Dichterと同様、詩人以上の内容をもち、作家の意味で用いられる。アンデルセン自身もdigterあるいはskjaldと称している。スカルド（skald；いまはskjaldと綴る）は詩人であり歌い手であった。

詩人年金（årlig digtergage）アンデルセンは1838年、33歳のとき、詩人年金400リグスダラー（400万円）を与えられることになった。「詩人の庭にパンの木ができた。もうパンくずのために歌う必要はなくなった」Now I have got a little bread tree in my poet's garden and will not be obliged to sing at everybody's door to get a crumb of bread any more! (Bredsdorff, p.132)。尊敬するエーレンスレーア（p.35）や詩人イプセン（p.32）と同じである。

詩人のバザール→一（いち）詩人のバザール（p.26）

しっかり者の錫の兵隊→錫の兵隊（p.87）

しまうことは忘れることではない（童話1866, Kept Secret but not Forgotten; Gjemt er ikke glemt）

第1話。夕暮れに盗賊が館を襲いました。盗賊どもは召使いを三人殺し、番犬も殺し、館の女主人メッテ・モーンスを番犬の鎖で犬小屋につなぎました。それから地下室のワインやビールを飲んで成果を祝いました。そこへ盗賊の一人がやってきて、夫人に言いました。「私の父は、奥様がまだお若いときに助けてくれました。むかし、殿様が私の父を木馬に乗せて、かたわになるまで、おろしてくれませんでした。それを奥様が、そっと助けてくださったのです。そのときのご恩は決して忘れません。さあ、鎖をといてさしあげましょう」。それから二人は馬を飛ばして、友達に救いを求めました。「しまうとこは忘れることではない」と若者は言いました。盗賊どもは絞首刑にされました。

第2話。別の古い館の話です。そこの奥様が畑の中の小さな一軒家へ入って行きました。そこに手足の不自由な、気の毒な娘が住んでいます。小さな部屋の窓は北向きで、日の光が入ってきません。その壁を奥様が開けて日の光が入ってくるようにしてあげたのです。娘は新しい南向きの窓から差し込んでくる暖かい光をあびながら、森や海岸を眺めています。この奥様は「ほんの小さな行いにすぎません」と言いながら、よい行いをたくさんしました。

第3話。古い館に一人の貧しい娘が住んでいました。彼女には結婚の約束をした人がいました。相手も貧しい作男（servant; karl）でした。二人は心から愛し合っていました。ある日、男が娘に言いました。「向こうの地下室に住んでいる金持ちの未亡人が、ぼくに楽な暮らしをさせてくれると言うんだよ。だけど、ぼくの心の中にいるのは、きみだ。どうしたらいいだろう」。娘は言いました。「あなたにとってしあわせだと思うほうになさい」。それから数年たちました。ある日、娘は通りで男に会いました。彼女は彼に声をかけました。「いかがお過ごしですか」。男は答えました。「あらゆる点で、うまくいっています。妻は善良な働き者です。けれども、ぼくの心の中にはきみがいます。ぼくはさんざん戦いました。でも、もう終わるでしょう」。

一週間後、彼女は昔の恋人の死を新聞で知りました。男は妻と三人の子供を残して死んだ、とありました。

［第1話は詩人ティーレ（J.M.Thiele, 1795-1874）の民間説話からモチーフを得た。第2話はアンデルセンがホルスタインボアで体験した事実、第3話はその娘自身の口から聞いた、とアンデルセンは記している］

シャツの襟、またはカラーの話（童話1848, The Shirt Collar; Flipperne）カラー collar の col は首、flip は布きれの意味です。ある紳士が世界一美しいカラーを持っていました。カラーは年ごろになりましたので、結婚を考えていました。すると洗濯物の中で靴下どめと出会いました。カラーが話しかけました。「あなたはなんと上品で、美しい方ですね。お名前をお聞かせくださいませんか。お住まいはどちらですか」。しかし靴下どめは返事をしません。「そんなにそばに寄らないでください」と靴下どめが言いました。「これでもぼくは立派な紳士ですよ」とカラーが言い返しました。そのとき、カラーは洗濯物の中から取り出され、アイロン台の上に載せられ、熱いアイロンがその上を通りました。「しわがきれいになくなりました。だが、苦しい。ぼくはあなたに結婚を申し込みますよ」「なんだ、ボロ切れのくせに！」と言いながら通り過ぎて行きました。アイロンは鉄道の機関車のつもりだったのです。そのあとカラーは「はさみ」や「くし」に結婚を申し込みましたが、最後に製紙工場に運ばれました。そこでカラーは昔の恋人たち（といっても、たいていはふられたのですが）の話を語りました。そのうちに白い紙に作られ、私たちの読んでいる本になりました。
［シャツのカラーは男性の持ち物。靴下どめ、はさみ、くしは女性の持ち物である］

十二の月（童話1861, Twelve by the Mail; Tolv med Posten）原題は『駅馬車で来た12人』です。大晦日の12時、教会の鐘が鳴っています。駅馬車が町の門に着いて12人のお客さんが降りました。番兵が「旅券（パスポート）を拝見しますよ」と言いました。12人は1月から12月までの旅行者でした。1月はクマの毛皮の外套を着て、雪靴を履いていました。2月は道化者で、喜劇や仮装舞踏会を担当するマネージャーでした。「私は28日しか寿命がありません。ですから大いに楽しまなきゃ」と言いました。

3月、4月のあとに、5月が降りてきました。「ミス5月です」と自己紹介しました。彼女は歌姫で、とても美しい婦人でした…と続いて、最後に12月が降りてきました。12月はおばあさんで、小さいモミの木の載った植木鉢をかかえていました。おばあさんはポケットからお話の本を取り出して子供たちに語って聞かせるのです。

週の日（童話1872, The Days of the Week; Ugedagene）
週の日は日曜日から土曜日まで、ぎっしり仕事がつまっています。たまにはパーティーでも開いて、ゆっくり楽しみたいなあ、というわけで、4年に一度おとずれる閏年（うるうどしleap year; skudår）の2月29日に開催することに決まりました。この日を英語で閏日leap day（飛び越える日）、デンマーク語でskuddag（挿入した日）といいます。日曜日が週の日の座長として黒い絹の服を着てあらわれました。日曜日の親戚である月曜日は青年で、音楽の愛好家です。火曜日はテュールという北欧神話の神様の日です。私の仕事はメルクリウスの翼を商人の靴につけてやったり、工場の歯車に油をさしたり、仕立屋や舗装工が働いているか見張りをします。水曜日は一週間のまん中に立っています。ぼくの前に3人、ぼくのあとに3人立っています。ぼくは週のうちで一番堂々としています、と自己紹介しました。木曜日はハンマーと湯沸かしをたずさえて、銅細工師の姿をしてあらわれました。私は異教の世界の雷神トールである、と身分の高いことを告げました。金曜日の先祖はフレイヤという名の女神です。美と結婚の女神です。この日は、昔からの習慣で、女性は自分からプロポーズすることができるのです。土曜日は女中頭の姿をして、掃除道具を持参してあらわれました。こうして週の日たちは席について、一日中、飲食とおしゃべりを楽しみました。

収入（income; indkomst）1844年9月6日、アンデルセンがコペンハーゲンに上京して25年が経っていた。フレデリック7世（p.160）が「定収入はあるか」と尋ねた。「おかげさまで、あなたから年金400リグスダラーをいただいています」と言うと、「たいした額じゃないね。原稿料はいくらもらっているのかね？」「はい、1枚につき12リグスダラーです」と答えた。「年金」「財産」の項参照。

荘園（manor; herregård）アンデルセンは王侯貴族の荘園に招待され、バスネス（シェラン島のSorøから33km）、グローロプ（NyborgとSvendborgの間）、ブレーゲントヴェズ（コペンハーゲンの南、Haslevの東3km）、フリーセンスボー（オーフス）に滞在した。自然と森林に囲まれ、美しい田園と草花を見ながら、『醜いアヒルの子』『庭師と主人』『幸せな家族』『風は語る』『雪ダルマ』『ナイチンゲール』『鐘が淵』などを書いた。

小クラウスと大クラウス（童話1835, Little Claus and Great Claus; Lille Claus og stor Claus）ある村にクラウスという

名の百姓が二人いました。一人は馬を四頭もち、もう一人は一頭しか馬をもっていませんでした。そこで、村の人は一頭馬のほうを小クラウス、四頭馬のほうを大クラウスと呼んでいました。小クラウスは自分の馬を週のうち6日間大クラウスに貸しました。ところが大クラウスは四頭の馬をたった1日、日曜日にしか貸してくれませんでした。村の人たちが教会へ行く日曜日に小クラウスは自分の馬と大クラウスから借りた四頭の馬を使って一生懸命に働きました。小クラウスが「おれの馬ども、がんばれよ」と言うと、大クラウスは「お前の馬はたった一頭じゃないか。おれの馬どもなどと言うなよ」。これがもとで喧嘩になり、大クラウスは小クラウスのたった一頭の馬を殺してしまいました。

小クラウスは、泣きながら、馬の皮をはぐと、町へ売りに出かけました。途中で日が暮れてしまいましたので、あるお百姓の家のドアをたたいて、「一晩泊めてください」と頼みますと、「いま主人が留守だから、泊められないよ」とドアをピシャリ閉められてしまいました。小クラウスはお百姓の納屋に忍び込んで寝ることにしました。家の中がまる見えなので、のぞくと、テーブルの上にワインや焼肉や果物がたくさん並んでいました。お百姓が留守の間におかみさんがお坊さんを呼んで、ご馳走していたのです。ところがそのとき、お百姓が帰ってきたものですから、さあたいへん。「お坊さま、早く隠れてください」とお坊さんを部屋のすみにある大きな箱の中に隠しました。ご馳走はかまどの奥に隠しました。

　何も知らないお百姓は馬を納屋につなごうとして、小クラウスがいるのを見つけました。「そこで何をしているんだ」「はい、町へ行く途中で日が暮れてしまったのです」「では、わしの家で泊まればよい」。おかみさんは、すまして、「お帰り、おかゆが煮えているよ」と言って、おかゆを差し出しました。小クラウスは、さっき見たご馳走を思い出して、うっかり足もとの馬の皮の入った袋を踏みつけました。「ギュッ」「いまの音はなんだね」小クラウスは答えました。「袋の中の魔法使いが、かまどの奥を見てごらん、と言っていますよ」。お百姓は、さっそく、かまどの中をのぞくと、ご馳走がたくさんあるではありませんか。「こりゃすごい」と言いながら、二人はワインをたっぷり飲み、ご馳走もいっぱいいただきました。お百姓が言いました。

「わしは、一度、悪魔とやらを見てみたいものだなあ」。小クラウスは、また馬の皮をギュッと踏みつけてから答えました。「部屋のすみの箱の中に悪魔が入っているそうですよ」。お百姓が箱のふたを開けると、お坊さんが入っているではありませんか。「ひゃあ、これが悪魔か」。お百姓はすっかり感心して、ぜひその魔法使いをゆずってくれないか、と言いますので、大きな升（ます）に金貨一杯くれたら、あげるよ、と小クラウスが言うので、交換することになりました。お百姓は「ついでに、あの悪魔の入っている箱を持って行ってくれないか」と頼みました。

帰る途中、大きな川に出たので、その橋の上からお坊さんの入った箱を川の中へ投げ捨てようとすると、お坊さんは「升（ます）一杯の金貨をやるから箱から出してくれ」と叫びますので、金貨と交換して許してあげました。

大クラウスは小クラウスが大金持ちになって帰ってきたので、早速、問いただしました。馬の皮を売って代金を得たと聞いて、自分も真似しました。自分の馬四頭を斧で殺し、皮をはいで、町に売りに行きましたが、だれも相手にしてくれません。「だましたな、おぼえていろ！」と大クラウスは、その晩、小クラウスの家に忍び込みました。ちょうどその晩、おばあさんが死んだので、自分の暖かいベッドに寝かせてやりました。大クラウスは、そのおばあさんを小クラウスと思い込んで、斧で殴り殺しました。

またもだまされたと知って、大クラウスは、こんどこそ逃がさないぞ、と袋の中に小クラウスを入れて、しっかりと、ひもで縛りました。そして川まで運びました。ちょうど教会からお祈りが聞こえてきたので、大クラウスは袋をそのままにして、教会に入って行きました。その間に、どこかの老人が牛を追いながら通りかかり、「ああ、まだ天国へ行けないのか」とつぶやきました。それを聞いて小クラウスは呼びかけました。「この袋の中にお入りなさい。そうすれば天国へ行けますよ」と言って、老人を袋の中に入れました。

中身が入れかわったところへ、大クラウスが戻ってきました。そして袋をドブンと川に投げ捨てると、意気揚々と家路につきました。すると途中で、牛を引いた小クラウスが来るではありませんか。「どうしたんだ？」と問い詰めると、小クラウスが答えました。「おれは川の底に沈んだが、そこには海牛がいて、草を食べていた。その牛を一頭いただいて、帰ってきたのさ」「おれにも見つかるだろうか」「もちろん、袋の中に入りなさい。ぼくが投げ込んであげるから」。大クラウスは袋の中に入って、川の底に投げ込まれましたが、そのまま浮き上がりませんでした。
［アンデルセンが小さいときに聞いた話］

食料品店の小人の妖精（童話1852, The Goblin at the Grocer's; Nissen hos Spekhøkeren）学生が屋根裏部屋に住んでいました。家主は食料品屋で、家もお金ももっていました。この家に小人の妖精（ニッセ）が住んでいました。妖精は毎年クリスマスイブにオートミールをもらえるのです。小人の妖精はいつも店にいました。そこにいると、勉強ができるのです。ある晩、学生がロウソクとチーズを買いに来ました。チーズをつつんだ紙を見ると、詩が書いてあるではありませんか。立ち止まって読んでいると、「そんな紙切れなら、いくらでもありますよ。8スキリング（8円）で残りも全部さしあげますよ」と主人が言いました。「ありがとう。では、チーズのかわりに、紙切れをいただきます。ぼくはバターパンだけですませましょう」と学生が言って、詩の書いてある古雑誌をもらいました。

夜になって、店が閉まると、小人の妖精が部屋の中に入って行きました。そして、眠っている間は用のないおかみさんの口を取りはずして、それを部屋の中のいろいろの品物に取り付けました。すると、品物が自分の考えや感じていることを、おかみさんと同じように、しゃべることができるのです。小人の妖精は樽（たる）に口を取りつけました。樽は古新聞を投げ入れる置き場所です。
「きみは詩が何か知っているかい？」と妖精が尋ねました。
「そんなこと知っているよ。新聞の下の欄にあって、いつも切り抜かれるものだろう。詩については、学生よりもおれのほうがずっとよく知っているよ」。次に妖精はコーヒー豆挽き、バター桶、銭箱に口をあてがいましたが、みんな樽と同じ意見でした。妖精は屋根裏部屋の学生のところに登って行きました。学生は、店でもらったボロボロの詩の本を読んでいました。本の中からひとすじの明るい光が射して、それが幹になり、大きな木に成長し、葉が花となり、花が美しい少女の顔になっていました。そして学生は眠りにつきました。
[花や木がしゃべったり恋をしたりはするが、ここのように人間の口を取りはずして（took the wife's gift of the gab; tog madamens mundlæder）物にくっつける（put it on the object; satte det på genstanden）と、人間のように考えや感情をしゃべることができる（can express its thoughts and feelings; kan udtale sine tanker og følelser）というのは、アンデルセンならではの発想だ]

女性（アンデルセンと三人の女性；three ladies; tre damer）リボーウ・フォークト（p.184），ルイーズ・コリーン（p.70），イェンニー・リンド（p.187）。

真珠の飾りひも（童話1859, A String of Pearls; Et stykke Perlesnor）デンマークに鉄道が敷設されたのは1847年、コペンハーゲン・ロスキレ間（31キロ）だった。その後6つの駅が出来て、コペンハーゲン、ロスキレ、リングステヅ、ソレー、スラーゲルセ、コセーア（Copenhagen, Roskilde, Ringsted, Sorø, Slagelse, Korsør）に拡大した。それらをつなげると、真珠の飾りひものようだ。アンデルセンはそれぞれの駅を紹介している。パリ、ロンドン、ウィーン、ナポリなどは一番美しい真珠だ。
［スラーゲルセはアンデルセンがギムナジウムに通学したところである。アンデルセンがこの作品を書いたとき（1859年）オーデンセ・コペンハーゲン間は5時間で行けると「あとがき」に書いている。1998年シェラン島とフューン島を結ぶ大ベルト海峡（Storebælt）の上に、Korsør-Nyborg間に鉄橋が建設されてからは、コペンハーゲン・オーデンセ間は特急に乗ると1時間20分で行けるようになった。『最後の真珠』という童話もある］

［す］

スウェーデン紀行（1851, In Sweden; I Sverige）1837年夏、アンデルセンはスウェーデンを初めて訪れたが、船上で偶然フレデリカ・ブレーメル（Frederika Bremer, 1801-1865）

と知り合い、友情は生涯続いた。ブレーメル（スウェーデン語では-erを発音する）は女性解放の作品でヨーロッパでもアメリカでも有名であった。1840年マルメ（Malmö）を訪れたときにはルンド（Lund）大学の学生が歓迎会を開催してくれた。アンデルセンは感激して「ルンド大学がぼくを歓迎してくれた最初の学生だったということを忘れないでね」と言った。イェーテボリ、ストックホルム、ウプサラ、ダーラナ地方も訪れた。アンデルセンはディスカバー・スウェーデンの心を込めて、これらの都市を描写している。ウプサラ大学は創立1477年、北欧最古の大学であり、ゴート語の銀字写本（Codex argenteus）を所蔵していることで有名だ（コペンハーゲン大学創立は1479年）。ダーラナ地方Dalarnaは「峡谷地帯」の意味で、古くはデンマーク領であった。dal-ar-naは'the dales'の意味で、-arは複数、-naは定冠詞。dal「谷」は英語daleに当たる。daleは詩的で、普通はフランス語由来のvalleyを用いる。

数千年後に（童話1852, In Thousand Years; Om Årtu- sinder）
夢と空想の天才であったアンデルセンは「数千年後には人は蒸気の翼（dampens vinger）に乗って空中を飛びながら、世界の海（verdenshavet）を越えてくることができるだろう。若いアメリカの住人が古いヨーロッパを訪れるのだ」と書いているが、この夢は予想よりもずっと早く1927年にアメリカのリンドバーグ（Charles Lindbergh, 1902-1974）がニューヨーク・パリ間を33時間半で飛ぶことができた。

その妻Anna Lindbergh（1906-2001）も飛行士で、著書『海からの贈り物』（1955）がある。

スカッダー（Horace Scudder, 1838-1902）アメリカの雑誌Riverside Magazine for Young People（1867-1870）, Atlantic Monthly（1890-1898）の編集者で、Browning, Keats, Longfellow, Scott（Cambridge）の詩集を編集、さらに、アンデルセン著作集10巻（Collected Writings, 10 vols. New York 1870-71）に携わり、アンデルセンに450ポンドを支払った。国際版権（international copyright）が確立していなかった当時、アンデルセンが外国から得た最高額の謝金であった。彼は早くから文才をあらわし、アメリカのH.C.アンデルセンと呼ばれた。

鈴木徹郎（1922-1990）『アンデルセン小説・紀行文学全集10巻』（東京書籍）の翻訳、『ハンス・クリスチャン・アンデルセン－その虚像と実像』東京書籍、1979. コペンハーゲン大学大学院でデンマーク語、アンデルセン文学を学ぶ。『アンデルセン小説・紀行文学全集』全10巻（東京書籍1987）により日本翻訳文化賞。日本アンデルセン協会事務局長。

錫の兵隊（童話1838, The Steadfast Tin Soldier; Den standhaftige Tinsoldat）おもちゃ箱に25人の錫の兵隊がいました。一本の匙から作られたので、みな兄弟だったのです。どの兵隊も赤と青の軍服を着ていました。このお屋敷のお坊ちゃんが誕生日にいただいたのです。テーブルの上に並べてみると、一人だけ一本足の兵隊がいました。材料がたりなくて、一本になってしまったのです。一本足でも、ほかの兵隊と同じように、しっかり立っていました。

テーブルの上には紙で作られたお城がありました。お城の入り口にはかわいらしい娘が立っていました。彼女は踊り子で、片足を高くあげていました。一本足の兵隊は、同じ一本足の踊り子に恋をしました。たばこ入れがパチンと開いて、中から黒鬼が一本足の兵隊をにらんでいました。

次の朝、一本足の兵隊は窓ぎわに立たされました。昨晩のたばこ入れの中の黒鬼のせいか、すきま風のせいか、窓があいたとき、四階から下の往来にまっさかさまに落ちてしまいました。坊ちゃんは女中と一緒におりてきて、探しましたが、見つかりません。町の男の子が二人通りかかって、錫の兵隊を見つけました。「ボートを作って乗せてやろうよ」。二人は新聞紙でボートを作って、錫の兵隊をそれに乗せて、みぞに流しました。一緒に走りながら、手をたたいて喜びました。ボートはどぶ板の下に入りました。そこに住んでいるドブネズミが「通行券を見せろ！」と、どなりましたが、流れが急に速くなり、追いつきません。ボートの新聞紙が破れ、兵隊は沈みそうになりました。

そのとき、踊り子の声が聞こえました。「さよなら、兵隊さん、あなたは死なねばならないの？」。紙が破れ、兵隊が水の中に落ちると、大きな魚がやってきて、パクッと食べてしまいました。その魚が捕まえられて市場に運ばれ、このお屋敷の女中が買ったのです。「こんなところにあったのね」。そのとき、小さな子供が兵隊をつかんでストーブの中にほうりこんでしまいました。それと同時にドアが開いて、風がサーッと吹きました。そして踊り子もストーブの中に飛びこんでしまいました。まあ、なんという奇跡でしょう。次の朝、女中がストーブの灰の中にハートの形をした錫を見つけました。

スペイン紀行（1863, In Spain; I Spanien）アンデルセンがスペインのマラガを訪れたとき、一人のかわいい少女が道端で、大理石の石の上に座ってクリを売っていた。髪に花をさし、目を輝かせてぼくを見た。だれだって、氷男（アイスマン）でなければ、スペイン人になってしまうだろう。家の壁にはゼラニウムの花が咲いていた。ピレネーの向こうはアフリカだといわれたスペインを旅したとき、ここは汽車と馬車の、天国と地獄の入りまじった旅だと思った。

［アイスマンはアイスメイドン『氷姫』と対照させている］

スラーゲルセ（Slagelse）アンデルセンが1822年から1827年まで学んだギムナジウム（文法学校）がある町。校長でラテン語の先生マイスリング（Dr.Simon Meisling, 1878-1856）にさんざんにいじめられ、お前が詩人なんかになれるか、と、ばかにされた。Slagelseはデンマーク最古の町の一つで、いまコペンハーゲンからオーデンセに向かって急行で40分。語源は「くぼみ（Slag）の草地（losa)」。

[せ]

世界一美しいバラの花（童話1852, The World's Most Beautiful Rose; Verdens deiligste Rose）女王が重い病気にかかって、今にも亡くなりそうでした。お医者のうちで一番賢い人が言いました。「世界一美しいバラの花を差し上げれば治ります」。これを聞いて、老いも若きも、詩人も学者も、乳飲み子を抱いた幸せな母親も、それぞれが美しいバラの花を持参しましたが、効き目がありません。そのとき、小さな王子が本をたずさえて女王のベッドに来て言いました。「おかあさま、聖書にこう書いてありますよ。十字架の上に流されたキリストの血の中から咲き出たバラの花が一番美しい」。そのとき、女王のほおにバラ色の光がさしてきました。目が大きく、明るく開いて言いました。「バラの花が見えます！」。

［アンデルセンは草花をこよなく愛したが、バラの花をテーマにしたお話は非常に多い。roseはギリシア語rhódonからラテン語rosaを経て、世界に伝わった］

聖クヌード教会（St.Knud's Church; Skt.Knuds Kirke）オーデンセ市の中央にある。アンデルセンが14歳（1819）のときに堅信礼（confirmation）を受け、1875年8月4日永眠したときに国葬が行われた。童話『赤い靴』の舞台。

世界文学（world literature; verdenslitteratur）スウェー

デンの文学史家フレデリク・ベーク（Frederik Böök）によると、アンデルセンの童話は世界文学に対してデンマークが果たした最大の貢献であり、ホメーロス、セルバンテス、ダンテ、シェークスピア、ゲーテの占める位置と同じである（Larsen p.157）。

[そ]

ソーセージの串で作ったスープ（童話1858, Soup on a Sausage-Peg; Suppe på en Pølsepind）ソーセージの串（くし）からスープを作ったなんて魔法みたいですね。年取ったネズミの王様が一番おいしいスープを作った者をお妃（きさき）にすると宣言しました。そこで四匹の若い、しかし貧しいネズミが四つの世界をめざして5月1日に出発し、翌年の5月1日に帰ってきました。

最初のネズミの報告です。私は船に乗って、北の果てで降りました。ソーセージの串をステッキ代わりに森の中を歩いていますと、妖精（elf; alf）の一群に出会いました。その女王らしい人が「これぞ私たちが欲しいと思っていたものです。しばらくお貸しくださいませんか」と言いますので、渡すと、それで五月柱（メイポール）を作り、美しい布で飾りました。「この杖で王様の胸にさわってごらんなさい。スミレの花がいっぱい咲きだしますよ」。帰国して、このお話を王様にしたあと、串で王様の胸をさわりますと、美しい花束が出てきましたが、スープはできませんでした。

二番目のネズミの報告。私は書庫にいる祖母から聞きました。詩人になればソーセージの串からスープを作ることができますよ。詩人になるには知性、想像、感情が必要です。そこで私は西の国に行きました。カシワの木の下に木の精（ドリアーデ）が住んでいて、彼女から知性と想像を学びました。帰国して家の書庫にある本を食べました。その本は感情を吸い取る海綿（スポンジ）のような小説です。三つを取得した私は詩人になりました。私はいま一本の串で、つまり、お話でおもてなしをすることができます。

三番目のネズミが息を切らして、駆け込んできました。期日に遅れないように、昼も夜も走り続け、あるときは貨物列車に乗り込んで帰ってきたのです。私が古い塔に泊まっているとき、フクロウと知り合いました。フクロウは教養があって、とても物知りでした。「ソーセージの串で作ったスープというのは、人間のことわざで、なんでもない、ということです」。これが真理なのです。

四番目のネズミが言いました。私は外国へ行くことはやめて、自己思索（own reflections; selvtænkning）で解決しました。「さあ、お湯を沸かしてください。煮えたぎってきましたね。串を入れますよ。では王様、恐れ入りますが、王様のしっぽをお湯の中に入れてよくかきまわしてください。長くかきまわせば、それだけコクが出てまいります。調味料は必要ありません。王様自身のしっぽでなければなりません」。王様はしっぽを入れるやいなや、「キャッ、熱い」と言って、すぐ飛び降りてしまいました。「まいった、お前こそわたしの妃だ」。

［それぞれ勝ち目があるが、最後が一番現実的］

即興詩人（小説1835, The Improvisator; Improvisatoren）は1833年9月から1834年3月までのイタリア旅行を描写したものである。ローマに育ったアントニオはイエズス会の神学校に学び、ダンテの神曲を知り、親友ベルナルドを得た。アントニオはオペラ女優アヌンチャータを知り、彼女のために即興詩を贈った。しかし、ベルナルドも彼女を恋していることを知り、二人は決闘した。アントニオはベルナルドを傷つけてしまった。彼はローマを逃れ、ヴェネチアに移って即興詩を作って暮らしていた。6年の歳月が流れ、26歳になったとき、場末の劇場で落ちぶれたアヌンチャータと再会した。二度目に訪ねると、彼女は帰らぬ旅に出たあとだった。遺書に、彼女が愛していたのはアントニオであると書いてあった。私の代わりに、マリアを愛してくれるように、とあった。

この青春小説は1835年4月に2巻本で出た。イタリアの風物と上流階級と下層階級を描き、イタリア案内として成功を博した。ドイツ語（あるイタリア詩人の青春生活と夢、1835）、スウェーデン語（1838-39）、ロシア語（1844）、英語（1845）、オランダ語（1846）、フランス語（1847）、チェコ語（1851）と翻訳が続いた。デンマークの作家が国境を越えたのは、ほとんど初めてであった。自伝的要素の多い『即興詩人』はアンデルセンの詩と真実と言われる。『詩と真実』（Dichtung und Wahrheit, 1814）はゲーテの自伝である。英国の詩人ブラウニングRobert Browning（1812-89）と妻のElizabeth Barrett Browning（1806-61）

は1845年4月ラブレターの中で『即興詩人』を論じた。妻のエリザベスが「彼は魂の詩人です。本は美と魅力にあふれています」と言うと、夫は「砂と野バラの国から来た男が、私の心のふるさとイタリアに来て風景やら音やら、あれこれ言いやがって」と評した。アンデルセンが1861年5月にMrs.Browningを訪問したとき、エリザベスの12歳の息子ペンは「アンデルセンはみにくいアヒルみたいだが、心が白鳥になったんだね」と印象を語った（息子がうまいことを言うじゃないの、とエリザベスが友人への手紙に書いた）。その1か月後Elizabeth Browningは亡くなった。

森鷗外（1862-1922）が9年を費やした文語訳『即興詩人』（1892-1901, 春陽堂1902）は明治の文学に大きな影響を与えた。原語からの散文訳に宮原晃一郎（1882-1945）訳『即興詩人』（金星堂、1923、再版、養徳社、1949）、大畑末吉訳『即興詩人』（岩波文庫）があり、安野光雅絵・文『絵本 即興詩人』（講談社、2010）は絵入りで楽しい。

ソバ（童話1841, The Buckwheat; Boghveden）一羽のスズメの話。ソバの畑に立っている古いヤナギの木から聞いたそうです。ムギは穂をたくさんつけて、頭を低くたらしていましたが、ソバは、ふんぞりかえっていました。「ぼくだって、ムギの穂と同じくらいに実っているんだぞ。そのうえ、ぼくはリンゴの花のようにきれいだ」。そのとき、ピカッ、ゴロゴロ、と雷が鳴って、雨がザーザーと降ってきました。草花が言いました。「はやく、わたしたちみたいに頭を低く下げなさいよ」。年寄りのヤナギが叫びました。「ピカッと光ったときには空を見上げてはいかんよ。稲光の中に神様の天国が見えるのだ。この天国を見た者は人間でも目がつぶれてしまうのだ」。ソバが「おいぼれヤナギめ、ぼくは神様の天国をのぞいてやるぞ」と叫んだとたん、ピカピカと恐ろしい稲光がしました。あらしが通り過ぎると、草花もムギも雨に洗われて元気になりましたが、ソバは、まっ黒に焦げてしまいました。

空飛ぶトランク（童話1839, The Flying Trunk; Den flyvende Koffert［今はkuffert］）少年の父親は裕福な商人でした。父親が死ぬと、息子は、さんざん遊んで、遺産をすべて使い果たしてしまいました。友人が古ぼけたトランクをくれて「これに荷物を入れなよ」(Pack up!; Pak ind!)と言いました。これはふしぎなトランクで、空を飛ぶことができるのです。入れるものがないので、自分が中に入って鍵をかけると、空に舞い上がり、あっという間にトルコに着いてしまいました。少年はトランクから出て、森の中にトランクを隠して、町に出ました。高いところにお城があるので、通りの女の子に尋ねました。「あれは何ですか」「お姫さまが住んでいるのよ。恋愛で不幸になるという予言が出たので、誰も近づけないようになっているの」。

少年は森に引き返し、トランクに乗って、お城の窓から忍び込みました。お姫さまはソファーで寝ていましたが、あまり可愛らしいので、キッスしてしまいました。彼女はおどろいて、誰なのと聞くので、ぼくはトルコの神様で、空を飛んできたんだよ、と自己紹介しました。きみの目は黒い湖のようだ、人魚姫のようだ、きみのひたいは雪をかぶった山のようだ、と言いながら、かわいい赤ちゃんを運んでくるコウノトリのお話をしました。どれも、とても面白いお話だったので、お姫さまは、とても喜びました。少年が「結婚してくれる？」と尋ねると、「いいわよ、でも、両親の承諾を得なきゃ。土曜日にお茶に来るから、そのとき、面白いお話を聞かせてあげてね。トルコの神様と結婚すると聞いたら、きっと喜ぶわ」の返事。

約束の日、少年は王様夫妻とお城の人たち全員の前で、いろいろ面白いお話をしましたので、快諾を得ました。結婚式の前夜、空に花火が打ち上げられ町中が喜びに沸きました。ところが、その花火の一つが森の中のトランクに火がつき、燃えてしまいました。

[少年は無事に祖国に帰れただろうか]

[た]

たいしたもの（童話1858, Something; Noget）英語のsomethingは「何か」ですが、ここでは「ひとかどの人物、立派なこと」の意味です。五人兄弟の長男が言いました。「ぼくはひとかどの人物になるぞ。社会の地位が低くてもよい。何かよいことをしたいんだ。レンガ造りになるぞ。人の役に立つことなんだから」。二番目が言いました。「ぼくはレンガを積み立てて壁を作る左官屋になるぞ。組合に入れば、職人を置いて親方にもなれるし、結婚もできるぞ」。

三番目が言いました。「ぼくは建築士になって、精神界の高い地位にのぼるぞ」。四番目が言いました。「ぼくは才能を働かせて、新しい様式を作るぞ」。一番下の弟が言いました。「ぼくは兄さんたちの仕事が、よいかわるいかを判断する批評家になります」。さて、それぞれが目的を果たして、天国に召されました。批評家が最後に亡くなりました。

ところで、天国の門は聖ペテロが守っているのですが、いつも、二人ずつしか入れません。批評家と同じ時間にマルグレーテというおばあさんが待っていました。批評家は「こんな哀れな魂と一緒になるなんて」と思いました。聖ペテロはおばあさんに「お前は下の世界で何をしたのかね？」と尋ねました。「はい、私は何もしませんでした。ただ、ある晩、海岸の小屋で寝ていると、遠くに白い雲が見えました。これは津波が押し寄せてくる前兆です。海岸では大勢の若者が、男の子も女の子も、歌やダンスに興じていました。これは一刻も早く知らせねばならない。そのとき、神様が私にヒントを下さったのです。私のベッドに火をつけたら、氷の上で遊んでいるすべての人が気づくだろう。私は急いでマッチをすりました。すると、風にあおられて、火がめらめらと燃え上がり、氷の上の人たちが、全員、こちらめがけて走って来ました。それと同時に、氷が津波に持ち上げられて、メリメリと割れてしまいました。しかし、おかげで、全員が助かりました」。これは、たいしたことですよ、たしかに。そして天国の門が開かれて、おばあさんは中に入りました。

次に批評家が自分の所業を説明しました。ところが、聖ペテロは「結局、お前は何もしなかったじゃないか」と言いますので、おばあさんが、近所に住んでいたお兄さんたちからお世話になった、と助けの言葉をかけてくれましたが、結局、入れてもらえませんでした。

高とび選手（童話1845, The Sprinters; Springfyrene）ノミとバッタとオモチャのとび人形（原語ではとびガチョウ Springgås；ガチョウの胸骨で作ったオモチャ）が飛びくらべをしました。「一番高く飛んだ者に娘をやるぞ」と王様が言いました。ノミは礼儀正しく、四方八方に向かってお辞儀をしました。バッタはエジプトの古い家柄の出身だそうです。とび人形は何も言いませんでした。いよいよ試合が始まりました。ノミはあまりにも高く飛んだので、だれもその行方が分かりません。バッタはノミの半分くらいしか飛べませんでしたが、王様の顔にぶつかってしまったので、王様はけしからんとおっしゃいました。とび人形はひとこともしゃべりません。宮中の犬が鼻をくんくん鳴らして、においをかぎました。そのとたん、パチン！と音がして、とび人形はお姫さまのひざの上に飛び上がりました。「よし、優勝はとび人形じゃ」と王様が宣言しました。

ただのバイオリン弾き（1846, Only a Fiddler; Kun en Spillemand）小説。主人公クリスチャンはフューン島の貧しい両親の息子（アンデルセン自身に似ている）で、音楽の才能があるが、援助が与えられず、村の平凡なバイオリン弾きにおわる。ユダヤの少女ナオミとクリスチャンはおさな友だちで、クリスチャンは彼女を忘れることができずにいるが、彼女は発展家で、ポーランドのろくでなしと駆け落ちしてしまう。［ナオミ（Naomi）は聖書に出るルツ（Ruth）の義母の名、ヘブライ語で「楽しい」の意味］

旅の道づれ（童話1835, The Travelling-Companion; Reisekammeraten）小さな部屋には病気のお父さんと息子のヨハネスがいました。テーブルの上のランプは消えかかっていました。「ヨハネスや、お前はよい子だったね。神様がきっとお守りくださるよ」と言って、目を閉じてしまいました。ヨハネスはお母さんも兄弟もいません。親切だったお父さんを思って、泣きじゃくりましたが、疲れて眠ってしまいました。1週間後にお葬式があげられ、埋葬されました。次の朝、ヨハネスはお父さんが残してくれた50リグスダラー（50ドル）を持って、旅に出ました。最初の夜は野原の干し草の上で寝ましたが、二日目の夕方、嵐になったので、丘の上の小さな教会の中で寝ました。真夜中に目を覚ますと、雨はやんでいて、お月様が輝いていました。見ると、二人の男がひつぎの中の死体を引きずり出しているではありませんか。「なぜそんなことをするんですか」と尋ねると、「この男はひどいやつで、借金を支払わないまま死んでしまったのさ。だから、痛めつけてやるんだ」「ここに50リグスダラーあります。ぼくの全財産です。これを差し上げます」と言うと、男たちは、もと通りにして、立ち去りました。
　次の朝、森の中を歩いていると、後ろで呼ぶ声がします。「どこへ行くんだい？」「広い世界に」とヨハネスは答えました。青年は「ぼくも広い世界に行くところだ。一緒に行かないか」というので二人は一緒に歩き出しました。二人とも親切な心の持ち主でしたので、すぐに仲よくなりました。しかし、相手は自分よりもずっと賢く、何でもよく知っていました。次の日、朝食をとろうとしているところに、一人のおばあさんがやって来て、二人の前でころんでしまいました。青年は、正確には、旅の道づれですが、リュックサックを開いて、膏薬（こうやく）を取り出して、おばあさんに塗ってやると、すぐに治って、また歩けるようになりました。山を越えて旅を続けると、大きな町に出ました。ここのお姫さまは、とても美しい方でしたから、大勢の王子が結婚を申し込みました。しかし、お姫さまのなぞが解けないと、殺されてしまうのです。お姫さまは実は魔女なのです、と町の人たちは言いました。ちょうどそのときお姫さまが12人の侍女と一緒に通りかかりました。ヨハネスはお姫さまを一目見るなり、すっかり好きになってしまいました。「ぼくはお姫さまに求婚する」と言うと、みんなやめたほうがいい、そして旅の道づれも、賛成しませんでした。しかし、翌日、ヨハネスは一人でお城に出かけました。王様はヨハネスを出迎えて、「それはやめなさい」とおっしゃって、庭に案内しました。そこには、お姫さまに結婚を申し込んで、なぞが解けないために、命を失った王子たちの骸骨が並んでいたのです。そのとき、お姫さまが侍女たちと一緒に入ってきて、ヨハネスにやさしく挨拶しました。そして、明日、もう一度来るようにとおっしゃいました。次の朝、旅の道づれはお姫さまと靴の夢を見たことをヨハネスに話しました。「だから、そう答えてごらん」と言いますので、答えはそれに決めました。お城では裁判官も待っていました。「お姫さまが何を考えているか」を言い当てるのが課題でした。お姫さまはやさしくヨハネスを見つめました。「靴」と言うと、お姫さまは、真っ青になりました。正解だったからです。王様もお城の人たちも大喜びでした。

二日目に、旅の道づれは、「お姫さまの手袋の夢を見たよ」とヨハネスに話しました。そこで、お城で、そのように答えたのです。今度も合格しました。あと一つです。その晩、旅の道づれは、真夜中にお姫さまがお城から出かけるあとをついて行くと、魔物（トロル）のお城に飛んで行きました。お姫さまは求婚者に二つともなぞを解かれてしまいました。問題はどうしたらよいでしょう、と魔物に尋ねますと、お姫さまに「わたしの顔を思っていなさい」と言いました。旅の道づれの姿はお姫さまにも魔物にも見えません。魔物がお姫さまをお城の寝室まで送り届けると山に帰って行きました。その途中で、旅の道づれは魔物を切り殺して、その頭を持ち帰りました。頭をきれいに洗ってハンカチに包みました。

翌朝、旅の道づれはヨハネスに包みを渡して、お姫さまに尋ねられたら、この包みを開けなさい、と言いました。お城に着いて、お姫さまの前に座りました。「私は何を考えていますか」とお姫さまが言うので、ヨハネスは包みを開けました。すると、恐ろしい魔物の首が出たので、お姫さまもヨハネスもびっくりしてしまいました。お姫さまはまさか正解が出るとは思いませんでしたが、三つとも正解でしたので、観念しました。そして「あなたと今晩結婚式をあげましょう」とおっしゃいました。しかし、お姫さまは、まだ魔女の心が残っていましたので、ヨハネスを好きになれませんでした。旅の道づれは三枚の羽と薬のびんを渡して、ベッドに入る前に、たらいの水の中に羽と薬を入れておいて、お姫さまを三度沈めなさい。そうすると、魔女の魂が消えて、きみのことが好きになるよ、と言いました。その通りにすると、お姫さまは一度目に沈められると黒い鳥になり、二度目に沈められると、白くなりましたが、首のまわりに黒い環が残りました。そして三度目に沈めると、お姫さまは心も体もすっかり美しい姿になりました。

次の朝、王様と宮中の家来が全員、お祝いの言葉を述べるために来ました。そして最後に旅の道づれが来ました。ヨハネスは言いました。私がこんなにしあわせになれたのも、みなあなたのおかげです。どうかいつまでも一緒にいてください。しかし、旅の道づれは頭を振って、静かに言いました。「いやいや、私はただ借金をお返ししただけですよ。あなたは持っていたお金を全部あの男らにやって、その死人をお墓の中で眠らせてくれたでしょう。その死人が私なのです」と言うと、姿を消してしまいました。ヨハネスとお姫さまは結婚して、子供も大勢生まれ、王様は孫たちと遊んで、しあわせな余生を送りました。
［デンマークの民話にもとづいている］

誕生日（4月2日）1875年4月2日、満70歳の誕生日は国内外から祝われた。その一つは『ある母親の物語』The Story of a Mother; Historien om en moder（1848）の15言語版（コペンハーゲン大学言語学教授ヴィルヘルム・トムセン［本項末尾参照］編）であった。

アンデルセンの70歳誕生日をメルキオール家（p.173）が祝ってくれた。その孫娘シャルロッテに「何かほしいものある？」と尋ねられると「コウノトリがぼくにかわいい女の子を連れてきてくれないかなあ」Du kunde jo spørge storken, om han ikke vil bringe mig en lille pige. 'You could ask the stork if he will bring me a little girl.' と答えた。

晩年にこの別荘に住んでいたアンデルセンは生涯独身でマイホームを持たなかった。1875年6月19日はアンデルセンが日記を書くことが出来た最後だった。メルキオール夫人が最後に書き込んだのは1875年8月4日「11時05分、いま光は消えました。なんと幸福な死でしょう。最愛の友はいま天国に召されました」。

Vilhelm Thomsen（1842-1927）はオルホン碑文の解読（1893）、ゲルマン語からフィンランド語への影響（1869）、古代ロシアとスカンジナビアの関係とロシア国家の起源（Oxford 1877）などで有名。

［ち］

小さいイーダの花（童話1835, The Little Ida's Flowers; Den lille Idas Blomster）小さいイーダのお花がしおれてしまいました。学生が「お花はダンスに行って、疲れてしまったんだよ」とお話ししてくれました。「どこで舞踏会があったの？」「あの大きなお城だよ。夏になると王様が過ごされるお城さ」。それで、イーダは疲れたお花を人形のソフィーのベッドに寝かせてあげました。しかし、次の朝にはお花はもっとしおれてしまいました。学生は、ほかのお花と一緒に庭でお葬式をしておあげ。来年は、もっとたくさん美しい花が咲くよ、と教えてくれました。
［この学生はアンデルセン自身である］

ちがいがあります（童話1842, There is a Difference; Der er Forskjel）時は5月で、畑にも牧場にも春が来ていました。リンゴの木は自分が一番だと思っていました。伯爵のお屋敷の広間に、ピカピカの花瓶にリンゴの枝とブナの枝が立っていました。さて、その部屋に、いろいろの人間が入ってきて、おしゃべりを始めました。リンゴの枝は、人間にも、植物と同じように、ちがいがあることを知りました。装飾用の植物や食用の植物もあります。悪魔のミルク桶（devil's milk pail; fandens melkebøtte＝タンポポ）というあわれな名前をつけられた花もあるのです。ある日、子供たちがこの黄色い花を摘んでつなぎ合わせ、長い飾りのひもを作りました。ばかにされていた花が美術品になりました。そのとき、お日さまが言いました。「あの花の美しさをごらん、花の力が分かったでしょう」。

茶びん（童話1864, The Teapot; Theepotten）茶びんはテーブルの上の女王でした。長い口と大きな取っ手の耳と、お茶を入れる大きな頭をもっていました。さて、食事の用意のできたテーブルの上に立っていたとき、きれいな手が私をつかんで、持ち上げようとしました。しかし、手もとが狂って、茶びんを落としてしまいました。私は、次の日台所の残り物をもらいに来た女の人に渡されました。その人は私を捨てないで、身体の中に土を入れて球根を植えました。私は、すっかり生まれ変わり、新しい人生を歩み始めたのです。しかし、球根が美しい花に成長したとき、私の身体は真っ二つに割れて、こわれてしまいました。

チョウ（童話1861, The Butterfly; Sommerfuglen）チョウがお嫁さんをもらおうと思って、お花畑へ飛んで行きました。ヒナギク、マツユキソウ、クローカス、どれにしようかなあ。スミレは空想的だし、チューリップは派手だ。スイセンは平民的すぎるし、ボダイジュの花は小さすぎると言いながら、最後にハッカソウに結婚を申し込みました。「お友だちづきあいにしましょう。わたしもあなたも年よりですわ。おたがいに助け合うことは結構ですが」と彼女は言うのです。そのうちに、秋もふけて雨と霧の季節になりました。チョウは家の中に入って行きました。ストーブが燃えて、暖かい部屋でした。窓ガラスのところで飛んでいると、家の人に見つかり、つかまえられて、ピンに刺され、標本箱の中に入れられました。

[つ]

ツック坊や（童話1847, Little Tuk; Lille Tuk）ツックは、本当はカールという名前なのですが、小さいときカールと言えなくてツックとなってしまったのです。学校へ行くようになってからは、お勉強のほかに、妹のグスターヴェのお守りもしなければなりませんでした。今日はシェラン島（コペンハーゲンのある島）の都市の名前を全部覚えなければなりません。お母さんがお使いから帰ってくると、ツックや、よそのおばあさんが水を運んでいるから手伝ってあげておくれ、と言うのです。ああ、いそがしい。その晩、いろいろ夢を見ました。ヴォーディンボー、コセーア、ロスキレ、ソローなどの町が出てきて昨晩の宿題は全部覚えることができました。

［ヴォーディンボー（Vordingborg）はヴァルデマー王の時代に栄えた町で、お城は13世紀。コセーア（Korsør＜kors-ør航路標識の砂浜の意味）はフューン島の港町で、ここからシェラン島のNyborg［新しい城］まで18キロメートルの鉄道が通じている。ロスキレRoskildeは昔のデンマークの首都で、王家の墓がある。ソローSorøは詩人Ingemannの町でアカデミーがある］

[て]

ディケンズ（Charles Dickens, 1812-1870）英国の作家でシェークスピア以上によく読まれる。父親が借金不払いのため投獄されたとき、靴墨工場で働いて苦労した。初等教育を終えると弁護士の書生になり、それから新聞記者になった。『ピックウィックペイパーズ』『オリヴァー・トウィスト』『デーヴィッド・コパーフィールド』『二都物語』などを書いた。似たような境遇に育ったので、アンデルセンには好意を抱いていた。1857年、自宅に招待したが、5週間も滞在したので煙たがられた。アンデルセンは出発する前に、英語を学習したが、ディケンズに「きみの英語は分からないよ。デンマーク語で話してくれたほうが分かると思うよ」と言われた。

手紙（letters; breve）アンデルセンは世界中の童話ファンから手紙を受け取った。その一つは宛名にデンマーク、ハンス・アンデルセン様（Hans Andersen, Denmark）とだけ書いてあった（それでも無事に届けられた）。差出人はスコットランドに住むアンナ・メアリー・リビングストン（Anna Mary Livingstone）、住所はハミルトン、アルヴァ［カヤツリグサの意味］コテージで、あの有名なアフリカ探検のリビングストン（1813-1873）の娘だった。1869年1月1日付で次のように書いてあった。「私はあなたの童話が好きです。お目にかかりたいけれど、できません。パパがアフリカから帰ってきたら、連れて行ってもらいたいと思います。私の好きなお話は幸運の長靴と雪の女王です。私のパパの名前はドクター・リビングストンです。私の名刺とパパの自筆の名前（オートグラフ）を送ります。さようなら、そして、ア・ハッピー・ニュー・イヤー、親愛なる小さな友アンナ・メアリー・リビングストンより」。

アンデルセンはファンを大事にしたらしい。その後、5年間の間に13通の手紙が行き来したが、最後の手紙は父リビングストンの葬式が1874年9月24日ウェストミンスター寺院で行われたという内容だった。

鉄道（railways; jernbane）アンデルセンは鉄道を『一詩人のバザール』の中で説明している。鉄道は平坦な道でなければならない。だから山は爆破して、沼地や谷間はアーチ状の土台を築いて橋を渡す。平坦な道が出来上がると、その上に鉄の線路を敷く。この線路は箱車の車輪が正確に収まって、外れないようになっている。箱車が何台も鎖でつながれ、その先頭に蒸気機関車を置く。そして、これを動かしたり停止させたりする技術を心得ている技師を乗せる。鉄道の駅では、この汽車が到着する時刻がちゃんと決まっており、汽車が近づくと汽笛の音が数マイル四方にわたって響く。鉄道を生み出した人間はなんと偉大であることか。これに乗っていると、まるで、古代の魔術師のようだ。ファウストをマントに乗せて空を飛んだメフィストフェレスも、かなうまい。1841年アンデルセンが乗った汽車はライプツィヒ・ドレスデン間120キロメートルが3時間半であった。3等車に乗っても1等車と同じ時間に目的地に着く、という、あたり前のこと（truism; sandhed）をユーモラスに記している。

［鉄道は童話『真珠の飾りひも』の主要テーマ。4等車の話は『ノミと教授』に出る］

伝記（biography; biografi）貧しい家庭に育ち、童話の王様にまでなったアンデルセンは自分の伝記を書くのを誇りにしていた。①出版者ローク（Carl B.Lorck）の依頼によりドイツ語版全集のために書いたDas Märchen meines Lebens ohne Dichtung 2巻「詩を含まない私の人生の童話」Leipzig 1847；②英訳The True Story of My Life, London 1847（by Mary Howitt）；③D.Spillanによる新しい英訳The True Story of My Life. London 1852；④デンマーク語版Mit livs eventyr. Copenhagen 1855；⑤アメリカ版The Story of My Life, by Horace E.Scudder. New York 1871(1855-1867の分が含まれている)。⑥ほかにH.C. Andersens Levnedsbog 1805-1831（1832）があり、亡くなった場合の用意に書いておいたもので、草稿は失われたものと思われていたが、1926年Hans Brixにより発見され、1962年にCopenhagenから出版された。⑦大畑末吉訳『アンデルセン自伝』岩波文庫1937.

天使（童話1843, The Angel; Engelen）よい子供が死ぬと、天使が空から舞い降りてきて、その子供を天国へ連れて行きます。その途中で子供がすきだったお花を摘んで行くのです。天使は次のようなお話をしました。あの狭い横丁の地下室に、貧しい男の子が住んでいました。その子は小さい時から病気で、松葉杖を使って、小さな部屋の中を歩きました。お日様が地下室の部屋に差し込んだときは、どんなに嬉しかったでしょう。いただいた野の花を植木鉢に植えて、毎日水を与えて世話をしましたので、毎年、新しい芽を出して、男の子を楽しませました。ところが、その子が死ぬと、花もひからびて、死んでしまいました。そして家族が引っ越しのとき、がらくた物として捨てられてしまいました。その花も一緒に持って行きましょう。「どうしてそんなことを知っているの？」と男の子は天使に尋ねました。「あの花はぼくに女王のお庭の一番美しい花よりも大きな喜びを与えてくれたんだよ。ぼくは地下室の部屋であの花を育てた男の子だったからさ」。こういうと、死んだばかりの男の子も天使の翼が生えて、二人は一緒に神様の天国に入って行きました。

デンマーク語（アンデルセンの）は現代とほとんど同じだが、綴り字が多少異なる。①名詞が大文字（ドイツ語と同じ）Maane［モーネと読む］＝måne「月」②kunde ‘could’, skulde ‘should’, vilde ‘would’ = kunne, skulle, villeなど。nd, ldのdは発音しなかったので、綴り字通りになった。③gj, kjのjが消える。gjøre = gøreする，kjøbe = købe買う，Kjøbenhavn = Københavnコペンハーゲン。④動詞の人称語尾がjeg er

'I am', vi ere 'we are', jeg kommer 'I come', vi komme 'we come' のように単数と複数で異なるが、いまは両方同じで、jeg er, vi er, jeg kommer, vi kommerとなる。⑤過去分詞が変化する。jeg er kommen 'I have come', vi ere komne 'we have come'=jeg er（*or* har）kommet, vi er（*or* har）kommet; de mange telegrammer, der endnu var komne 'the many telegrams which had already come（70歳の誕生日のお祝いから帰宅すると、電報がたくさん来ていた；アンデルセンの日記より）の過去分詞komneは、いまはkommetとなる。過去分詞komneはkommenの複数。⑥アンデルセンは文語（written language）でなく口語（spoken language）で書いた。

デンマーク人ホルガー（童話1845, Holger the Dane; Holger Danske）ホルガーはデンマークの北端ヘルシンゲアHelsingørにあるクローンボー城（Kronborg Castle）の地下に眠っている英雄で、祖国が危険に陥ると、目を覚まして救いに出てくると伝えられる。毎年クリスマスの前夜に神様の使いが来て、いまは大きな危険がないから安心して眠ってください、と言う。長いひげが大理石のテーブルにぐるぐる巻きついている。ドイツ伝説「キュフハウゼン山の赤ひげフリードリッヒ」に似ている。

［HolgerはHolmgerからきて、holm 'island', ger 'spear'「島で槍を持つ者」の意味で、holm（島）はStockholm（材木の島）に見える。Danskeはden Danske 'the Danish (man)' の意味］

[と]

父さんのすることはいつも正しい（童話1861, What the Old Man does is always right; Hvad Fatter gjør, det er altid det Rigtige）仲のよいお百姓の夫婦がいました。「父さん、今日は町に市（いち）が立つ日ですよ。町に馬に乗って行って、それをお金にかえるか、何かいいものと取りかえてきてはいかがですか」。お父さんは、それもそうだと、早速、馬に乗って出かけました。途中で、雌牛を連れた男に出会いました。「ミルクがとれるぞ。いいなあ」。そこで「馬と取りかえませんか」「いいね、そうしよう」と商談が成立して、お父さんは「しめしめ」とさらに進んで行きました。今度は羊を連れた男に出会いました。「毛並みがよくて、暖かそうだなあ」。すると、そこへガチョウをもった男に出会いました。「ガチョウは羽もあぶらもたくさんありそうだ。うちの池で飼ったら、ばあさんも喜ぶだろうなあ」。交換が成立すると、今度はメンドリをもっている通行料取り立て人に出会いました。「美しいメンドリだなあ。母さんも喜ぶぞ」。これも交換が成立しました。馬がメンドリにばけたところまで来たときに、居酒屋がありました。その戸口で大きな袋をかかえている男に出会いました。それはいたんだリンゴで、ブタに与えるエサでした。お百姓の家に腐ったリンゴが一個かざってあるのを思い出し、ばあさんにこんなにたくさん見せてやったら喜ぶだろうなあ、と思って、メンドリと交換しました。

居酒屋の中に入ると、たくさんお客さんがいました。

「そのでかい袋は何だね」と問われて、お百姓は、馬がくさったリンゴ一袋になった次第を話しました。それを聞いていたイギリス人が、あきれて言いました。「おまえさん、家に帰ったら、おかみさんにこっぴどく怒鳴られるぞ」「いや、うちのばあさんはいつも言っている。父さんのすることは、いつも正しいってね、そしてキッスしてくれるよ」「じゃあ、賭けよう。怒られずに、キッスしてくれたら、100ポンドの金貨を払うよ」。

二人が百姓の家に着いて、紳士が外で立ち聞きしています。夫が事の次第を報告すると、「それはよい商売でした。何もかも、わたしの考えていた通りでした」と言いながら、妻は夫にキッスをしました。紳士はビックリ仰天して、約束の100ポンドを払いました。

［ノルウェーにも同じ題の民話がある］

童話第一巻（Fairy-tales told for children）デンマーク語原題　はEventyr, fortalte for Børn, af H.C.Andersen. Kjøbenhavn. Forlagt af Universitets-Boghandler C.A. Reitzel. Trykt hos Bianco Luno & Schneider. 1837.「子供たちのために語られた童話。ハンス・クリスチャン・アンデルセン著。大学書店C.A.ライツェル。ビアンコ・ルーノ＆シュナイダー印刷」となっている。アンデルセンは1835年に『即興詩人』を出版したあと、童話第1集（Første hefte, 1835）を出した。第1集（62pp.）には「火打石」「大クラウスと小クラウス」「エンドウマメの上に寝たお姫さま」「小さいイーダの花」の4編が収められている。その後、毎年クリスマスに間に合うように、第2集（1835, 76pp.）は「親指姫」「いたずらっ子」「旅の道づれ」を、第3集（1837, 61pp.）は「人魚姫」「裸の王様」を収めた。第1集から第3集までをまとめて第1巻（1837）とし、序文「年配の読者のために」の最後に「小さな国では詩人はいつも貧しい。だから名誉こそ詩人がつかまねばならない金の鳥なのだ。私がそれをつかまえられるかどうか、童話を書くことによって分かるだろう」I et lille Fædreland bliver altid Digteren en fattig Mand; Æren er derfor den Guldfugl, han især maa gribe efter. Det vil vise sig, om jeg fanger den, ved at fortælle Eventyr.［綴り字は当時のもので、名詞は大文字で書き始め、åはaaと書いた］英訳In a small country the poet is always a poor man. Honour is therefore the golden bird he has to catch at. It will be shown if I can get it by writing fairy-tales.

童話第1集（1835）出版の100周年（1935）に第1巻（1837）のリプリントが同じライツェル社（大学書店）から出版された。それは横8センチ、縦12.7センチのかわいらしいフォーマットだった。

童話はこうしてできた　アンデルセンは自分の童話や物語について、ほとんど全部、わたくし自身の創作であると語り、それらの誕生について、次のように記している。「作品は頭の中にあたかも種子のようにひそんでいた。それにひとすじの流れと、ひとすじの日光と、ニガヨモギの一滴がそそがれれば童話の花が開くのであった」（大畑末吉訳）They lay in my thoughts like a seed-corn, requiring only a flowing stream, a ray of sunshine, a drop of wormwood, for them to spring forth and burst into bloom（Bredsforff, p.348）; De laae i Tanken som et Frøkorn; der behøvedes kun en Strømning, en Solstraale, en Malurtdraabe, og de bleve Blomst（Larsen, p.97）. 英wormwood, デmalurt［マル・ウアト］「ニガヨモギ」のmalはmøl（蛾）と同じ。urt（英wort）は「草」。

童話ベスト30（30 best tales by H.C.Andersen; 30 bedste eventyr af H.C.Andersen）Elias Bredsdorff（1975, p.308）によると、アンデルセン童話ベスト30は次のとおりである。初期のものが多く、1835年から1850年の間に出版されたもので、年代順に掲げると、火打箱、小クラウスと大クラウス、エンドウマメの上に寝たお姫さま、小さいイーダの花、親指姫、旅の道づれ（以上1835）、人魚姫、裸の王様（1837）、しっかり者の錫の兵隊、野の白鳥（1838）、エデンの園、空飛ぶトランク、コウノトリ（1839）、眠りの精（オーレ・ルコイエ）、豚飼い王子、ソバ（1841）、ナイチンゲール、コマとマリ、みにくいアヒルの子（1843）、モミの木、雪の女王（1844）、かがり針、妖精の丘、赤い靴、羊飼いの娘とエントツ掃除人、マッチ売りの少女（1845）、影法師（1847）、古い家、幸福な家族、カラーの話（1848）

である。これらの童話はアンデルセン自身の物語であると言われる。『火打石』の兵士、『エンドウマメの上に寝たお姫さま』『人魚姫』『裸の王様』の中で裸だと叫ぶ少年、『みにくいアヒルの子』『モミの木』『イブと幼いクリスチーネ』の主人公である。

初期のものは『エンドウマメの上に寝たお姫さま』のように、祖母から聞いた民話にもとづいているものもあるが、大部分は独自の創作であり、この点で、民話採集のグリム童話やノルウェーのアースビョルンセンとモー（Asbjørnsen & Moe）と異なる。

年とったカシワの木の最後の夢（クリスマスのお話）（童話1858, The Old Oak-Tree's Last Dream; Det gamle Egetræs sidste Drøm）海岸の森に一本の大きなカシワの木が立っていました。人間ふうに数えると、年齢は365歳です。人間は昼の間は起きていて、夜に眠りますが、木は春・夏・秋の間は起きていて、冬になると眠るのです。夏になると、カゲロウがカシワの木のまわりで、楽しそうに遊んでいました。カゲロウはたった一日の命なのです。カゲロウの英語day-flyもデンマーク語døgnflueも「一日のハエ」という意味です。カシワの木が言いました。「たった一日なんて、かわいそうだねえ」「とんでもない、一日一杯楽しく遊んで、夜に眠るのさ。こんなに幸福な一生なんてないよ」。春も、夏も、秋も、いろいろな鳥や虫がカシワの木を訪れて、遊んだり、その木の葉の上で休んだりしました。クルマバソウ、スズラン、ヒナギク、コガネムシ、ミツバチ、バッタ、あの連中はどうしたかなあ。そうだ、みんな一緒に天国に召されるのだ。ちょうど365歳を迎えた日、これがカシワの木の最後の夢でした。クリスマスの前夜に恐ろしい嵐がやって来て、カシワの木はすさまじい音を立てて、ドウと倒れました。翌日、クリスマスの朝は晴れていました。海の上で船員たちが言いました。われわれの目じるしだった、あのカシワの木が倒れたんだ！これは長年仕えたカシワの木にとって、最良の弔辞でした。

年の話（童話1852, The Story of the Year; Aarets Historie）1月から始まり、12か月の風物が語られる。その描写は、アンデルセンならではの筆致だ。1月はひどい吹雪、厳しい寒さの2月が過ぎて、コウノトリがエジプトから飛んでくる3月、森の木々の芽が出る4月、花嫁と花婿が手を取り合って緑の枝の下を歩く5月…。

とても信じられないこと（童話1872, The Most Incredible Thing; Det utroligste）王様がおふれを出しました。とても信じられないことを実行した者には姫と国の半分を与える、と。審査員には3歳の子供から90歳の老人までが任命され、その日には信じられない物がたくさん展示されました。全員が大きな置時計に投票しました。それは時間を打つごとに、人形が出てきて、それぞれが芸当を披露するのです。時計が1時を打つと、モーゼが山の上に立って、律法の板に信仰のおきての第一条を書き記しました。2時を打つと、パラダイスの園、アダムとエバがあらわれ、3時が鳴ると、三人の聖なる王が、4時が鳴ると、四つの季節が、5時が鳴ると、五つの感覚が、6時を打つと、ばくち打ちがあらわれ、サイコロを投げると、6の目が出たのです。7時を打つと、週の七日、または七つの罪悪が出ました。8時を打つと、修道士のコーラスがあらわれて、朝8時のミサをとなえました。9時を打つと、9人のムーサイ（芸術の女神、複数）が出てきました。10時が鳴ると、モーゼの10か条があらわれました。11時が鳴ると、男の子や女の子が出てきて「時計が鳴るよ11時」と歌いました。最後の12時になると、「真夜中に生まれたまいし、われらが救い主！」と歌っている間に、バラの花が咲きだして、虹色の翼をもった天使の顔になりました。

製作者は若い男の人で、心のやさしい、貧しい両親に仕えている人でした。この人こそ、お姫さまと国の半分をいただくにふさわしい人でした。ところが、そのとき、がっしりした大男が叫びました。「おれこそ、とても信じられないことをやってのける人間だぞ！」と言うや、大きな斧を芸術品めがけて振りおろし、たたき壊してしまいました。時計は倒れ、歯車やゼンマイがあたりに飛び散りました。「こんな立派な芸術品をこわすなんて、まったく信じられないことだ！」と審査員たちは言いました。

約束は約束ですから、お姫さまはこの破壊者と結婚することになりました。教会で結婚式が始まろうとするとき、さきほど破壊された時計が、もと通りの状態に生き返って、花嫁と花婿の間に立ちました。芸術品の肉体は打ち砕かれましたが、魂は打ち砕かれませんでした。モーゼは律法の重い石を花婿の足の上に投げつけました。アダムとエバ、東方の三博士、四季など、さきほどの全員が出てきて、われわれは復讐のためによみがえったのだ、と言ったかと思うと、芸術品は消えてしまいました。「あの芸術品を作った方こそ、私の夫です」とお姫さまがおっしゃいました。

［神の加護は『かたわもの』にも見える］

隣の家族（童話1847, The Neighbouring Families; Nabo-familierne）この隣人は人間ではなく、バラの花、スズメの親子です。村はずれに百姓家があり、そこにツバメの巣がありました。バラの花が「生きるということはなんて楽しいことでしょう！」と言うと、ほかのバラも賛成して、お日様が暖かく照らしてくれることを喜びました。スズメの一家が、からになったツバメの巣の中を住まいにしていたのです。スズメのお母さんが言いました。「わたしたちのおかげで家のまわりがにぎやかになるんだよ。スズメの巣は幸福を持ってくる、と人間は言っているよ」。

とびくらべ→高とび選手（p.98）

［な］

ナイチンゲール（童話1843, The Nightingale; Natter- galen）ナイチンゲールは「夜に」nightin「鳴く鳥」galeという意

味です。舞台は中国のお城です。この王様が外国人の旅行記に「この国にはナイチンゲールという鳥がいて美しい声で歌う」とあるのを読みました。さっそく家来たちを呼んで尋ねました。しかし、だれも、この鳥がどこにいるのか知りませんでした。たったひとり、炊事係の少女が知っていました。彼女は晩に、お城の食事の準備が終わると残り物を少しいただいて、お母さんの待っている家に帰るのですが、その途中の森の中で、ナイチンゲールが歌っているというのです。その晩、王様は、大勢の侍従と女官を連れて、森にやってきました。「あそこにいるわよ」「なんだ、みすぼらしい姿をしているなあ」。でも、歌い始めると、それはそれは美しい音楽が響いてきました。王様の目に感激の涙が浮かびました。王様は小鳥をお城に持ち帰り、鳥かごの住まいを与えました。ナイチンゲールは昼に二度、夜に一度、散歩に出る許しが与えられました。名誉の勲章も首につけられました。それから、毎日、毎晩、お城いっぱいに、さえずり続けました。しかし、疲れるとやめてしまいます。

ある日、王様は、日本の皇帝からオモチャのナイチンゲールを贈られました。これは本物のナイチンゲールよりももっと美しい姿をしていました。ゼンマイを巻くと、昼も夜も、美しい声で、さえずってくれます。人々はその歌を聞くと、まるでお茶に酔ったように、とても楽しくなりました。この、お茶に酔うというのは、まったく中国式なのです（They were as much pleased as if they had all got tipsy upon tea, for that's quite the Chinese fashion; De bleve saa fornøjede, som om de havde drukket sig lystige i Thevand, for det er nu saa ganske Chinesisk.)。

オモチャがちやほやされている間に、本物のナイチンゲールは、逃げて、森に帰ってしまいました。オモチャのナイチンゲールは毎日毎日活躍しましたが、突然、ゼンマイが切れて、歌えなくなってしまいました。時計屋が呼ばれました。「ゼンマイがすり減っていますから、これからは一年に一度しか使えません」と診断されました。こうして5年がたちました。

王様は、悲しみのあまり、病気になってしまいました。もう何日も部屋から出てきません。侍従たちは、王様の後継者のことをヒソヒソ話し合っていました。ある晩、本物のナイチンゲールが、王様の病気を知って、部屋の窓辺に飛んできて、歌いました。王様はすっかり元気を取り戻しました。「王様、私が必要なときには、いつでもおうかがいして、歌います」と言いました。翌日、侍従たちがやってきて、王様はお亡くなりになったかな、と部屋をノックすると、「おはよう！」と王様の元気な声が聞こえました。

［舞台が中国になったのは、1843年にコペンハーゲン中央駅のすぐ隣の、チボリTivoli公園の中に中国館が設置されたことからである。1843年10月11日の暦（こよみ）（almanak）にden kinesiske historie（Chinese tale）を書き始め、翌日、書き終わった、とある。スウェーデンの歌うナイチンゲールと呼ばれたイェンニー・リンドからヒントを得た。ウグ

イスはJapanese nightingale]

なかよし→コマとマリ（p.67）

名づけ親の絵本（童話1868, Godfather's Picture-Book; Gudfaders Billedbog）名づけ親は洗礼のときに両親の代わりに子供に名前をつける人で、その後も成長を見守ってくれます。堅信礼（14歳と15歳）のときには贈り物を下さいます。私の名づけ親のおじいさんはお話がじょうずで、たくさんお話を知っていました。絵を切り抜いたり描いたりして絵本を作るのです。ここに紹介するのはコペンハーゲンの街燈が古い鯨油（whale oil; tran）のランプからガス燈（gas light; gaslygte）に変わった記念すべき年のことです。鯨油ランプがともる最後の晩です。「ぼくたちは長い間コペンハーゲンの夜の目（night eye; natøje）だった。明日からはガス燈にバトンタッチだ。しかし人間は、そのうちに、もっと明るい照明を発明するだろうなあ。ガス燈だって、そのうちに引退する時が来るさ」。

おじいさんは、その次に、コペンハーゲンの生涯という頁をあけて、この国の歴史を語りました。「シェラン島とお隣のスウェーデンとの間にある海峡ではニシンがたくさんとれたんだよ。海峡は魚の楽園だった。そこでシェラン島の海岸には人がたくさん住むようになり、家が建てられた。外国からも人がやって来て、魚を買い、そこに住むようになったものだ。そのうちに、今のコペンハーゲンのほうに住居の中心が移り、港がたくさん作られた。コペンハーゲンは最初ハウン（Havn港）と呼ばれたが、その後、ほうぼうで港が作られたので、コペンハーゲンと呼ばれるようになった。これは「商人の港」という意味だよ」。

［Copenhagen, Københavnはkøb-en（商人たちの）-havn（港）でkøbは英語cheap, chap（chapman）と同じ語源。16世紀ごろの新聞や出版物にはラテン語でHafniae「港にて」と記されていた］

[に]

ニッセと奥さん（童話1867, The Goblin and the Madam; Nissen og Madamen）ニッセは「妖精」の意味ですが、ニールスと同じ単語で、男の子の名前です。スウェーデンの『ニールスの不思議な旅』をお読みになったことはありませんか。ニッセは大きなお屋敷に住んでいて、オートミールのあまりものをいただいています。このお話の登場人物はニッセと庭師の奥さんです。この奥さんは詩を作る才能をもっていて、甥の神学生と会話をしています。奥さんは『小人のニッセ』という詩の中で、「詩、私の中にある感情はニッセです。私を支配する霊です。その力は偉大です」（Poetry, feelings in me, is the nisse, spirit which governs; I sang his might and greatness. Poesien, fornemmelserne i mig, var Nissen, Geisten der råder; hans Magt og Storhed har jeg besjunget）と歌って、大いに褒めたので、ニッセは奥さんを尊敬するようになりました。

庭師と主人（童話1872, The Gardener and the Squire; Gartneren og Herskabet）コペンハーゲンから1マイルほどのところに古い館がありました。ここに、夏の間だけ、裕福な貴族の一家が住んでいました。館の前には一面に芝生の絨毯が敷きつめてあって、いろいろな花が咲いていました。この庭のお世話をしているのが、ラーセンという立派な庭師でした。花壇や果樹園や野菜畑の世話をするのが楽しみでした。ある日、主人が友人に招待されて、そこで食べたリンゴとナシがとてもおいしかったと庭師に言いました。主人は、あんなにおいしい果物は国内産ではなく、輸入したものにちがいない、ラーセン君、調べてくれないか、と主人が言いますので、庭師は、顔見知りの果物商に尋ねました。「あのリンゴとナシは君の庭でなったものじゃないか。それを購入したんだよ」と果物商が言うではありませんか。庭師はほめられたので、とても嬉しかったのです。早速、主人にそのように報告しました。

別の日、主人は宮中の宴会に招待されて、そこで食べたメロンがとてもおいしかったので、庭師に言いました。「あのおいしいメロンの種を、すこしいただいてきてくれないか。そして、うちの庭に植えてみてよ」と主人が言いますので、「あのメロンも、ご主人の庭でとれたものでございます」と返事をしました。主人は感心して言いました。「きみはいい腕をもっているね」。庭師は、その後も、本で勉強して、美しい花々、おいしい果物を育てました。

［庭師はアンデルセンとされる］

ニワトコおばさん（童話1851, The Elder Tree Mother; Hyldemoer）ニワトコおばさんというのはギリシア語のドリアーデ（木の妖精）のことです。むずかしいので、ニワトコおばさんと言うのです。男の子がかぜをひいてしまいました。外で足をぬらしてしまったからです。お母さんは男の子をベッドに寝せると、ニワトコのお茶を作ってあげました。そのとき、おじいさんが入ってきました。このおじさんはこの家の一番上に、ひとりで住んでいるのです。おじいさんは、たくさんお話を知っていました。
「坊や、どこで足をぬらしてきたのじゃ」と尋ねました。「お話ししてくれるの？」「ああ、してあげるとも。だが、学校へ行く途中のあの横丁のどぶは、どのくらい深いのかね？」「ちょうどひざの半分ぐらいだよ」「お母さん、これでかぜの原因が分かりましたね」。
　おじいさんのお話は、こういうことでした。むかし、おじいさんは船乗りになって、遠くへ行きました。結婚の約束をしたおばあさんは、その帰りを毎日待っていました。ある日、郵便が来ました。そこにはコーヒーの実のなる暖かい国にいる、と書いてありました。と、まもなく、ゴミ箱を持っているわたしの肩をたたくじゃありませんか。それがおじいさん。新しい帽子をかぶって、ハイカラでしたよ。それから、わたくしたちは結婚したんですよ。子供たちが生まれて、みんないい子に育ちましたよ」。おじいさんのお話は、ほんとうにあったことなんですね。
［英語motherのthはしっかり保たれているが、デンマー

ク語moerではdが消えてしまっている。古くはmoderと書いていた。modersmål（母国語）のような場合はdを書いて発音もする。「母」は今日ではmorと書いてモーと読む。父faderもfarと書いてファーと読む]

ニューハウン（Nyhavn［'nyhɑw'n］）新しい港の意味。コペンハーゲン中央駅から2.5キロ、ストロイエ（Strøget, 土産物通り、銀座通り）を通って徒歩40分。海の見えるこの海岸通りをアンデルセンは気に入って、この18番地に1834-38年の間（即興詩人や童話の第1集、第2集、第3集を出したころ）に住み、67番地に1871-75年の間住んだ。1階には町一番の喫茶店があり、2階にはレストラン、3階には医院、写真館がある。私の二部屋は日照があり、快適だ（Larsen, p.78）。最晩年には、第二の「わが家」のようになったメルキオール家の別荘に移った。

人魚姫（童話1837, The Little Mermaid; Den lille Havfrue；挿絵p.8,9）海底深くに人魚の王国がありました。そこに人魚の王さまと、おばあさまと、6人の人魚の娘が住んでいました。娘のお母さまはいません。沈没船で事故にあったのでしょうか。おばあさまは、お母さまの代わりに、孫たちの世話をしていました。娘はみなとても美しく、とりわけ、末の娘が美しい顔と美しい声をしていました。娘は15歳、14歳、13歳というように、一歳ずつの差がありました。人魚の娘は15歳になると、海の上に出ることが許されるのです。一番上の姉が海の上に出ると、そこで見たり経験したことを姉妹に語って聞かせました。さて、いよいよ、一番下の人魚姫が15歳になり、海の上に出る許可がおりました。彼女が海上で最初に見たのは、ちょうど15歳になったばかりの王子が船の上で誕生日を祝っている場面でした。祝砲が鳴って、火花が打ち上げられました。王子はとても美しく、彼女はいつまでたっても、目を離すことができません。人魚姫は王子に恋してしまったのです。姉たちに問われて、白状すると、海の魔女（seawitch; hexe）に人間に変えてもらうよう頼んでごらんと助言を得ました。魔女を訪れると、「恋をするとバカになるんだね。人間に変身できる薬を作ってあげてもよいが、一度人間になると、二度と人魚には戻れないんだよ。薬だって安くはないよ。私の血を使って作るんだからね。代金に人魚王国一の美しいおまえの声を貰うよ」「でも、声が出なければ王子さまとお話ができません」「お前には美しい目が、物言う目があるじゃないか。王子の心をつかむには、それで十分だよ」。

魔女から貰った薬を飲むと、激しい痛みのために卒倒してしまいました。しかし気がつくと王子の住んでいるお城の近くの岸に倒れていて、見ると、美しい脚が二本生えているではありませんか。王子が人魚姫を発見して、「どこから来たの、名前は何というの」と尋ねましたが、声が出ません。王子は「海から来たのだから、人魚姫と呼ぶことにするよ」と言いました。王子は裸の彼女に自分のマントを着せてお城に連れて帰り、お姫さまにふさわしい衣装を与えました。彼女の滑るような、舞うようなダンスはお城じゅうの拍手喝采を浴びました。彼女は毎日王子のそばで暮らせるので、とてもしあわせでした。

ところが、王子は隣国のお姫さまとお見合いをすることになり、お城の人たちと一緒に、船で出発しました。（隣国は1980年の東映ビデオではスオミ［フィンランド］となっており、人魚姫の名はマリーナMarinaとなっている。Marinaは海の娘の意味で、ラテン語mare「海」にballerina, Christinaの女性接尾辞-inaがついたもの）。お見合いの相手は見覚えのある顔でした。それもそのはず、王子が15歳の誕生日を祝ったあと、船は嵐のために沈没し、海に投げ出された王子を、人魚姫は腕に抱いて、明け方まで泳いで海岸にたどり着き、介抱したのです。すると近くの教会から女性が出てきて、王子を連れて行ってしまいました。それがお見合いの相手なのです。王子は勘違いをしていたのです。人魚姫の心をよそに王子は「いままで夢に描いていた人に出会えた」と喜んで、その日のうちに結婚式があげられました。そして、船の上で盛大な祝宴が催されました。

人魚姫は心の中で叫びました。「王子を見るのも、こよい一夜かぎりです。王子のために、姫は家族を捨て、ふるさとを捨て、美しい声までも捨てて、毎日、かぎりない苦しみを忍んできたのです。でも、王子は、このことを知りません」（大畑末吉訳、岩波文庫）英She knew this was the last evening she would ever see him for whom she had forsaken her kindred and home, given up her lovely voice, and daily suffered unending torment – and he had no idea of it. デHun vidste, det var den sidste Aften, hun saae ham, for hvem hun havde forladt sin Slægt og sit Hjem, givet sin deilige Stemme og daglig lidt uendelig Qvaler, uden at han havde Tanke derom.

15歳ではじめて歩行の足を得たので、地上を歩くのは、針の上を歩くように痛かったのです。祝宴が終わり、人魚姫が船べりで両足のほてりを冷やしていると、海から聞き覚えのある声がします。甲板から見下ろすと、5人のお姉さんたちが叫んでいます。「人魚姫！　このナイフを受け取って。わたくしたち魔女にお願いして、もらってきたの。その代わり、わたしたちは髪の毛を切られたわ。このナイフで王子の心臓を刺して、その血を脚に浴びれば、人魚の脚が得られるのよ。急いで！　もうじき太陽が昇るわよ」。人魚姫は王子と花嫁が眠る寝室に降りて行きましたが、愛する王子を殺すことはできませんでした。人魚姫は甲板に出て、ナイフを海中に投げ捨て、自分の身を海中に投げました。彼女は空気の娘たち（daughters of the air; Luftens Døttre）に抱かれて天国に昇って行きました。

［人魚の王、人魚族、人魚姫がL.W.Kingslandの英訳ではmerking, merfolk, merprincessesとなっている。これらの単語はOxford English Dictionaryに載っていない。古代ヨーロッパに共通のmer-「海」は英語mermaid, merman, 地名Windermereに見られ、ラテン語mare, ロシア語moreと同源である］

[ぬ]

沼の王の娘（童話1858, The Marsh King's Daughter; Dyndkongens Datter）このお話の出来事はヴァイキング時代で、まだキリスト教が普及する前のことです。この題の娘は、デンマークのユトランド半島の北端にあるリムスフォルド（Limsfjord）の沼地に住む王様とエジプトから来たお姫さまとの間にできた子供です。この主人公、沼の王の娘は、多かれ少なかれ、わたくしたち人間の中にひそむ光と影、善と悪の象徴です。

お姫さまは、お父さまの病気をなおす薬草があると聞いて、白鳥の衣を着て、エジプトからデンマークに飛んできたのです。ところが、休んでいた岩場のハンノキの木の枝がスッと伸びて、お姫さまを沼の中に引きずり込んでしまいました。このハンノキが沼の王だったのです。しばらくすると、このハンノキの葉の中に、かわいらしい女の子が乗っていました。これが沼の王の娘です。この娘は、昼間は美しい少女ですが、夜になるとヒキガエルになるのです。近所に住むヴァイキングの奥様が、子供がいなかったのでその娘を引き取り、大事に育てました。昼間はかわいい女の子ですが、性質があらあらしくて、とても乱暴です。しかし、夜になると、小人ほどの大きさのヒキガエルになって、昼間の悪態を後悔するように、涙を浮かべているのです。大きく成長して、すっかり娘らしくなりましたが、性質はかわりませんでした。

ある日、夫のヴァイキングがたくさんの捕獲品のほかに一人の若い宣教師を連れて戻りました。宣教師は北欧神話のバルドル（愛と光の神）のように美しい人でした。宣教師は手足を縛られ、納屋の中に入れられました。明日は処刑するつもりです。ヒキガエルはそれを察したのでしょうか、夜中に納屋に忍び込んで、不自由な手足を使って、縄をほどき、馬に乗せて、逃がしてやりました。そして、ヒキガエルも一緒に飛び乗りました。ところが、朝になると美しい少女に変身したので、宣教師はビックリしました。宣教師は神様の力で治るかもしれないと懸命にお祈りをささげ、努力しましたが、効き目がありません。そして、いまや娘は敵となって攻撃してきます。宣教師は相手になって身を防いでいましたが、一向に性質は変わりませんでした。その後、何日も、森の中で、昼間は娘の改心を念じてキリストの教えを説いていましたが、ある日、盗賊どもが通りかかって、娘と青年を見ると、「美しい娘と何をしているんだ」と怒り、斧を振りかざして、青年を切り殺してしまいました。ちょうど日が沈んで、娘はヒキガエルに変身したので、盗賊は気味悪がって逃げてしまいました。

ある日、沼の水面に一人の美しい女性が、娘を抱いていました。母と沼の娘の対面でした。初めて見る母は、娘の上に涙を流しました。この涙こそ、娘を改心させるために必要な洗礼の涙だったのです。二人は育ての母、ヴァイキングの妻にお礼を言うと、宣教師とともに空高く、神の国に飛んで行きました。

［デンマークの青歯のハラルド王（Harald the Blue-

Tooth; Harald Blåtand, 在位958-987ごろ）がキリスト教をデンマークとノルウェーに導入して国教とした]

[ね]

眠りの精（童話1842, Ole Lukøie; The Sandman; Olelukøje）「オーレや、目を閉じて」が題の意味です。OleはOlufの愛称で、オーレおじさんです。luk øjeは 'close your eyes' の意味です。ヤルマール（Hjalmar）というよい子の目にシュッと甘いミルクをふりかけて眠りに誘い、楽しい夢を見させます。lukはlukke（閉じる）の命令形で、英lock（ドアをロックする）と同じ語源。オーレはたくさんお話を知っていて、毎晩お話を聞かせます。月曜日の夜、部屋の中の花壇は美しい花が咲き誇っていました。その花を食べてみると、ジャムよりも甘く、そしてブドウパンもなっていました。そのうち机の中でガサゴソ音がして、宿題を忘れていたことに気づきました。[lukøjeの発音は['lågɔjə ロゴイエ]で、ルゲイエではない。HjalmarはHildemarの愛称で、戦いhiltiで有名なmārの意味]

年金、詩人年金（annual grant; digtergage, årlig gage）アンデルセンは『即興詩人』と『童話第一集』を出して、すでに有名になっていたが、デンマーク国内での売れ行き部数はたかが知れている。出版社ライツェルC.A.Reitzelから初版850部が売り切れたので、また850部作ります、という通知が来た。だが、こういうことが、そんなに頻繁にあるわけではない。（昔、ソシュールの小林英夫訳『言語学原論』1928の初版800部が売りきれるのに数年かかったことが思い出される。）ドイツ語訳や英訳はデンマークにおけるよりもずっと多く売れていたが、印税の制度が確立していなかったので、外国からの謝金はわずかだった。安定した収入が確保されたのは、有能な作家に与えられる詩人年金を得られるようになってからだった。1838年1月、フレデリック（Frederik）6世への申請が認められて、1838年5月、年額400リグスダラーが支給されるという通知が来た（33歳）。名声があがるとともに、1845年（40歳）には600リグスダラーに増額され、1860年（55歳）には1,000リグスダラーになった。アンデルセン自伝には年金400リグスダラーは「200スペシエス」とあり、大畑末吉訳（1937）には約500円とある。スペシエスは2リグスダラーである。300万円ぐらいと考えれば、食事代と家賃が払えるし、ときどきは旅行もできる。

[の]

農家のオンドリと風見のオンドリ（童話1859, The Farmyard Cock and the Weathercock; Gaardhanen og Veirhanen）農家のオンドリは生き物です。人間にタマゴや肉を提供してくれる大切な鳥です。風見のオンドリは高い屋根の上にいて、偉ぶっていますが、どんな仕事をするんでしょうか。風見のオンドリは、風の運んでくるたくさんのお話を知っていました。生き物のオンドリは教養がありました。キュウリは栽培植物だ、などと語ったものです。

野の白鳥（童話1838, The Wild Swans; De vilde Svaner）
冬になると白鳥が飛んでくる国に王様が11人の王子と1人の姫と一緒に住んでいました。姫はエリサという名前です。子供たちは楽しく、しあわせに暮らしていましたが、お母様が亡くなって、新しいお妃がやってきました。ところが、このお妃は魔法使いだったのです。お妃は子供たちを少しもかわいがりません。エリサを野原の小さな家にあずけてしまいました。そして王子たちに「鳥になれ！」と魔法をかけて、美しい12羽の白鳥にしてしまいました。白鳥は悲しそうに窓から飛んで行ってしまいました。エリサが15歳になったとき、お城からお迎えが来ました。王様が大きくなった娘に会いたいとおっしゃったのです。お城に来たエリサを見て、あまりに美しいので、お妃はまえよりもにくらしくなりました。そこで、エリサの顔やからだにどろを塗りつけて、みにくくしました。王様は「こんなみにくい娘はわたしのエリサではない」とお城から追い出してしまいました。

エリサはひとりぼっちになって、森の中を歩いていました。のどがかわいたので、池の中から水を飲もうと思い、姿を見ると、びっくり。池の水でていねいに顔を洗うと、もとのとおり美しい女の子になっていました。おなかがすくと、木になっているリンゴを食べました。さびしいときは、小鳥や小さな動物とおしゃべりをしました。川のそばで、ひとりのおばあさんに出会ったので、11人の男の人を見ませんでしたか、と尋ねました。「わたしのお兄さんなのです」「男の人は見なかったけれど、頭に金の冠をのせた11羽の白鳥が水浴びしているのを見たよ」「ありがとう、おばあさん、その白鳥は、きっとお兄さまたちだわ」。エリサが川にそって歩いて行くと、やがて海に出ました。初めて海を見たのです。夕方になって、お日さまが金色に輝いて海のむこうに沈みかけたとき、11羽の白鳥が降りてきて、11人の男の人の姿になったのです。もう何年も会っていませんでしたが、エリサにはすぐ分かりました。「お兄さま！」と叫ぶと、王子たちはびっくり！　みんな大喜びで、かわるがわる妹のエリサを抱きしめました。エリサはいままでの悲しかったお話をしました。「ぼくたちはね、海のむこうに住んでいるんだ。そして1年に1回、11日間だけ、海を越えて、このなつかしい国に帰ってくることができるんだ。その間、なつかしいお城の上を飛びまわったり、エリサのいる野原の上を飛んだりしていたんだよ。ぼくたち、昼間は、白鳥の姿になって、夜は人間の姿に戻るんだ。朝になると、白鳥に戻ってしまうんだよ」「お兄さま、わたしも一緒に連れてってください」。王子たちは草で大きなあみを作りました。そして、日がのぼると、白鳥になって、エリサの乗ったあみをくちばしでくわえて、空に飛びあがりました。白鳥たちは、夕方ぎりぎりの時間に海を越えることができました。

白鳥たちは町はずれの山のほらあなにエリサをおろしました。エリサ、ゆっくりお眠り、と白鳥たちが言うと、エリサは昼間の疲れでぐっすり眠りました。夢の中で、エリサはお祈りをしました。「どうかお兄さまたちの魔法がとけますように」。すると夢の中に美しい仙女があらわれて、「このとげのついたイラクサで長そでの上着を11枚あんで、白鳥に投げかけなさい。そうすれば、魔法が解けて、もとの王子に戻れます。しかし、それまで、あなたは一言も口をきいてはなりません。あなたがしゃべったら、王子たちは死んでしまいます。このイラクサは、このほらあなと教会のお墓にしか生えていません」。

翌朝、エリサは、すぐに仕事にとりかかりました。エリサの手は傷だらけです。兄たちは心配しましたが、エリサはきっとぼくたちのために仕事をしているんだと察しました。エリサはイラクサから糸を作り上着を作ります。ある日、イヌがワンワンと吠えて、エリサは見つかってしまいました。この国の王様が狩りをしていたのです。「なんて美しい娘なんだろう。お名前は？　どこから来たのですか」と尋ねられましたが、返事をするわけにいきません。王様はエリサをお城に連れて行きました。美しいドレスを着ると、だれもかなわないくらいに美しくなりました。王様はエリサがなにも言わなくても、やさしい、美しい心の持ち主であることが分かりましたので、お妃にしようと決めました。そしてエリサを喜ばせるために、ほらあなからイラクサとイラクサの糸を家来に運ばせました。エリサは大喜びで上着を編み始めました。「どうか私のお妃になってください」という王様のことばに、エリサはうなずきました。結婚式は国中の人たちに喜ばれて、立派に行われました。しかし大僧正（archbishop; Erkebiskop）だけは魔女だ、王様は目がくらんでいるだけだ、と言いました。

イラクサの上着は7枚、8枚、9枚、と出来上がってゆきました。最後の11枚目のイラクサが足りません。エリサは真夜中にそっとお城を抜け出して、教会のお墓に摘みに行きました。そのあとを王様と大僧正がそっとついていったのです。「ごらんなさい」と大僧正は言いました。「裁きは人々にまかせよう！」と王様が言いました。人々はエリサを火あぶりにすることに決めました。人々は魔女の火あぶりを見るために広場に集まっていました。11枚目がもう少しで編みあがるところで、11羽の白鳥が舞い降りて来て、エリサの投げかけたイラクサの上着をかぶると、美しい王子に変身しました。最後に出来上がった11枚目を受け取ると、末の王子も、もとの姿になりました。一番上の王子が出来事の一部始終（everything that had happened; Alt hvad der var skeet）を語ると、王様も人々も神の加護を讃えました。

［デンマークの民話にもとづく。仙女（fairy; Fee）は蜃気楼の雲のお城（cloud-palace of Morgan le Fay; Fata Morganas Skyslot）に住んでいる］

ノミと教授（童話1873, The Flea and the Professor; Loppen og Professoren）ノミは妻の贈り物、教授は夫の職業です。気球に二人が乗っていました。ところが、気球が爆発して墜落し、操縦士が死んでしまいましたが、助手は助かりました。助手は器用でしたので食べていけるだけの稼ぎはありました。腹話術も身につけました。風采もよかったので、ある令嬢がこの男と結婚しました。男は教授と名乗り、妻は夫の仕事と生活を助けました。ショーの切符を売ったり、奇術の相手をしたりしました。男は気球を手に入れて、妻と一緒に空高くのぼりたいと思っていましたが、まだお金が足りません。ある日、妻が突然、消えました。蒸発です。ただ一匹の大きなノミが残っていました。妻の遺産です。教授はこのノミを大事に育てました。いろいろの芸を教えました。ノミは名士になって、新聞に載りもはや教授を養う身分になりました。二人は汽車で旅行しましたが、そのときは、四等車に乗りました。四等も三等も、同じ速さで走りました。それから、二人はキリスト教ではない国、野蛮国にも仕事を求めました。ノミが芸をしましたので、船賃は無料でした。

ノルウェー民話（Norwegian Folktales; Norske folkeeventyr）ノルウェーのアースビョルンセン（Peter Christen Asbjørnsen, 1812-1885）とモー（Jørgen Moe, 1813-1882）が収集して出版した（2巻, 1841, 1844）。グリム兄弟の童話と伝説に刺激された。

[は]

歯いたおばさん（童話1872, Auntie Toothache; Tante Tandpine）アンデルセン156編の童話の最後のもの。ぼくがまだ小さかったとき、おばさんは、よく、あまいお菓子をくれた。ぼくは大きくなり、大学生になったが、おばさんは、まだ、ぼくをあまやかして、お菓子をくれた。そしてぼくのことを詩人だなどというのだ。あらしの晩、窓ガラスが割れて、恐ろしい女が入ってきた。地獄の魔女（サタニア・インフェルナーリス, Satania infernalis）だ。「ここは居心地がいいぞ。湿地だ、沼地だ、わたしの針でこいつの歯を磨いてやらねばならぬ」。
［晩年、アンデルセンは美食のために歯痛に苦しんだ］

ハイベア（Johan Ludvig Heiberg, 1791-1860）デンマークの作家。アンデルセンとしばしば論戦を展開した。週刊誌『コペンハーゲン飛脚便』（Københavns Flyvende Post）を発行し、美学評論を行なった。夫人fru Heiberg（Johanne Luise Pätges, 1812-90）はコペンハーゲン王立劇場の主演女優で、北欧最大の女優として全ヨーロッパに知られた。

ハウィット、メアリー（Mary Howitt, 1799-1888）アンデルセンの即興詩人や童話の最初の英訳者。彼女は謝金として10ポンドをアンデルセンに送ったが、あまりにもバカにしているとして、受領を拒否した。その後、出版者Richard Bentleyを紹介され、より有利な謝金を得ることができた。19世紀には国際版権（international copyright）が確立していなかった。

墓の中の子供（童話1859, The Child in the Grave; Barnet i

Graven）家の中は深い悲しみに満たされていました。両親の喜びであり、将来の希望でもあった、一家の一人息子が4歳で亡くなったのです。父も、二人の姉も、悲しみに打ちひしがれていました。棺にクギが打たれ、亡骸はお墓に運ばれました。ある晩、息子が亡くなったことが信じられなかった母は、夜、家族が寝静まったあとで、ひとり、そっと家を抜け出して、お墓に行きました。星の明るい、9月の夜でした。「お前は子供のところへ降りて行きたいのだね」という声が聞こえました。それは長い喪服を着た死神でした。「はい、わたしの子供のところへ」と言うと、空の星が満月のように光り輝き、母の身体は地面の下に沈んで行きました。ふと気がつくと、坊やがお母さんの胸にしっかりと抱かれていました。「大好きなお母さん、地上はこんなに美しくはないでしょう。あれが幸福というものなんだよ。お母さん、ぼくは飛ぶこともできるんだよ」。母は坊やをしっかり抱きしめて、キッスをしました。そのとき、上のほうからお母さんを呼ぶ声がしました。「お父さんだよ、お父さんがお母さんを呼んでいるんだよ。いま天国の鐘が鳴っている。ぼく行かなきゃ」。そのときひとすじの光がお母さんのほうに流れてきて、坊やはいなくなりました。そして、お母さんの身体が上に引き上げられて行きました。

［この作品は『ある母親の物語』と同様、私にもっとも大きな喜びをもたらせたものである、とアンデルセンが記している］

白鳥の巣（童話1852, The Swans' Nest; Svanereden）バルト海と北海の間にデンマークがあります。そこは白鳥の巣と呼ばれ、たくさんの白鳥が生まれ、育てられました。むかし、一群の白鳥がデンマークから飛び立って、アルプスの山を越えて、イタリアのミラノ地方の緑の平原に降りました。住み心地のよい土地で、ランゴバルド人と呼ばれました。その後、何羽もの美しい白鳥が生まれました。天文学者ティコ・ブラーエ、詩人エーレンスレーア、彫刻家トールヴァルセン、物理学者エアステヅなどです。

［ほかに、言語学者ラスムス・ラスク（1787-1832）、童話の王様アンデルセンがある］

裸の王様（童話1837, The Emperor's New Clothes; Keiserens nye Klæder）昔、新しい服が好きな王様がいました。一時間に一回は着ているものを変えるくらいに、着物が好きでした。普通の王様は会議で忙しいのですが、この王様は着替えで忙しいのです。ある日、二人の男がこの町にやってきました。「わたしたちは、世界一の洋服屋です。ふしぎな洋服で、心のわるい人や、役目にふさわしくない人には見えないのです」。王様はこのうわさを聞いて早速、洋服屋を呼びよせて、そのめずらしい洋服を注文しました。しばらくして大臣に仕事の進みぐあいを見にやりました。

大臣が仕事場に行くと、機織り機が「トンカラリ、トンカラリ」と鳴っていますが、布が全然見えません。これはたいへんだ、自分は大臣にふさわしくないのか。そこで大臣は「美しい布ですね」とごまかして、お城に帰り、王様に、その通りに報告しました。男たちは完成した衣装を王様に持参しました。

ところが、王様にも、やはり、何も見えません。これは困った。自分は王様にふさわしくないのかな。それで、ごまかして、「うん、見事な衣装だ。ほうびをたくさん取らせるぞ」と言いました。お城の人は、みな、美しい、とほめました。ちょうどその日はお祭りでしたので、ペテン師の洋服屋は新しい衣装を、さも本物の衣装のように王様に着せました。そして王様は町を歩くことにしました。本当は、王様は、パンツ一つで歩いていたのです。そのとき、小さな子供が叫びました。「あれ、王様は、はだかだよ、パンツだけだよ！」。それでも王様は威風堂々と町の中を歩き続けました。

［裸と叫んだ少年はアンデルセン自身だと伝えられる］

花（flowers; blomster）アンデルセンは草花が好きで、童話の中にバラ、アシ、チューリップ、モミ、スイレン、ブナ、イラクサ、カシワ、シュロ、スミレ、クルマバ草、菩提樹、白樺、ニワトコ、柳、ヒナギクなど、146種類が登場する（草水久美子「H.C.アンデルセンにおける草花」東海大学北欧文学科1980年度卒業論文）。アンデルセンの故郷オーデンセのアンデルセン公園には、彼が愛した草花が咲き乱れている。グリム童話にはバラ、ユリ、ブナ、ハシバミ、野ジシャ、ヒルガオなど41種類が登場する。

パネル（panel）衝立に作られたパネルで、アンデルセンがお世話になった人々が描かれている。ディケンズ、スコット、バイロン、エリザベス・ブラウニング、シェークスピア、ヴィクトリア女王、テムズ河、国会議事堂、旅行で乗った汽船が描かれている。また、アンデルセンが作ったコラージュ（collage貼り付け画）にはデンマークの三人の作家トマス・キンゴ、ルドヴィ・ホルベア、B.S.インゲマンが描かれている。これは第二の恋ルイーズ・コリーンの娘のために作られた。

パラダイスの園（童話1839, The Garden of Paradise; Paradisets Have）ある国の王子がたくさん本を持っていました。王子は勤勉で、本には絵も入っていたので、楽しく読んでいました。王子はこの世の中の出来事をよく知っていました。ただ、パラダイスの園がどこにあるかは、どこにも書いてありません。17歳になったとき、王子は、いつものように、一人で森の中に散歩に出かけました。夕方になって、雨が降り出しました。びしょ濡れになって歩いていると、大きな洞穴（ほらあな）に出ました。そこでは一人の老婆がシカの肉を焼いていました。「火にあたって着物を乾かしなさい」と老女が言いました。この老女は四人の息子の母親だったのです。

息子は四方に吹く風でした。そのうちに北風が帰ってきて、スピッツベルゲンの様子を語りました。次に西風が帰ってきて、アメリカの原始森からマホガニーの棒を持ってきました。次に南風がさむい、さむいと言いながら帰ってきて、アフリカのホッテントット人と一緒にライオン狩りに行ってきたことを報告しました。

最後に東風が帰ってきました。「ぼくは中国へ行ってきました。あそこの役人は第一級から第九級までありましたが、みんな鞭打たれていましたよ」と言いながら、おみやげのお茶を出しました。「お前はパラダイスの園に行っているものと思っていたよ」と風の母親が言いました。王子が「パラダイスの園を知っているんですか」と東風に尋ねると、「知っているとも、明日、そこへ行くんだ。行きたいなら連れて行ってあげるよ」と言いました。アダムとイブがパラダイスから追放されると、パラダイスの園は地の底へ沈んでしまったのだ。しかし暖かい日の光と、空気と景色は昔のままなのだ。そこにパラダイスの妖精（仙女）が住んでいる。翌朝、王子が目をさますと、もう東風の背中に乗っていました。トルコやヒマラヤを飛び越えると、パラダイスの園への入り口に着きました。その洞穴は広い場所や四つん這いになって進むような狭いところもありました。川に出ると、大理石の橋がかかっていました。仙女が二人を迎えました。パラダイスの園にはアダムとイブの姿や、ヘビのからみついている知恵の木もありました。

パラダイスの園を案内したあと、東風が王子に尋ねました。「きみはここにとどまるかい？」「とどまります」「じゃあ百年後にまたここで会おうね」と言って東風は帰って行きました。美しい仙女は王子をやさしく手招きしてさらに奥へ案内しました。でも私に決してキッスをしてはいけませんよと注意しました。かぐわしい香りと美しいハープの音が聞こえました。見ると、ベッドで仙女が涙を流していました。王子は思わず仙女にキッスをしてしまいました。すると、突然、すさまじい雷がとどろいて、あらゆるものがくずれ落ち、仙女もパラダイスも真っ暗闇の中に沈んで行きました。

王子は長い間、死んだように横たわっていました。冷たい雨に王子は目をさましました。「ああ、なんということをしてしまったんだろう。ぼくはアダムのように罪を犯してしまったんだ」。

［仙女、妖精fairy, フランス語fée（contes de fées童話）, デンマーク語fe, どれもラテン語fata「運命の女神」より］

バラの妖精（童話1842, The Rose-Elf; Rosen-Alfen）庭のバラの木の花びらの中にバラの妖精が住んでいました。妖精は、昼間は太陽の光を浴びながら、楽しく遊び、夜になると、自分の寝室に帰って行きました。ある夜、すすり泣く声が聞こえます。若い娘が恋人と別れなければならないのです。「君の兄さんがぼくをよく思っていないんだ。だから、別れさせようとして、ぼくを遠い国に使いにやるんだよ」。娘が家に帰ってしまうと、恐ろしい顔の男が出てきて、青年をナイフで殺してしまい、そばのボダイジュの木の下に埋めてしまったのです。バラの妖精は、この人殺しのあとについて行きました。家では妹が何も知らずに眠っています。バラの妖精は彼女の耳にささやきました。
翌日、妹は夢の中で聞いたボダイジュの下を掘ってみると、愛する青年の死体が埋めてありました。妹は頭を取り出して、土を払い落して家に持ち帰りました。そして自分の部屋の植木鉢の中に入れて、土をかぶせました。娘は毎日植木鉢のそばで泣いていました。その涙でジャスミンの花が咲きました。娘は日に日に痩せ衰えて、死んでしまいました。バラの妖精はこの事件を女王蜂に知らせました。女王蜂は大勢の家来を連れて、人殺しに復讐をしてくれました。植木鉢が砕けて、人殺しの犯行が発覚しました。
［アンデルセンには146種類もの花が登場するが、バラが一番多い。草水久美子「H.C.アンデルセンにおける草花」東海大学北欧文学科1980年度卒業論文］

パンを踏んだ娘（童話1859, The Girl who Trod on the Loaf; Pigen som traadte paa Brødet）インゲルは貧しい家庭に育ちましたが、わるい子でもありました。虫をつかまえて、ピンに刺していじめたりしました。成長すると、美しい娘になりました。そして、上品な家庭に奉公にあがりました。主人夫婦は、わが子のようにかわいがってくれました。「一日ひまをあげるから、ご両親に会っておいで」と言って、おみやげに大きな白いパンをくれました。彼女は立派な服を着て、新しい靴をはいて出かけましたが、沼地の近くの水溜まりに来たとき、靴と服がよごれないようにパンを置いて、その上を踏もうとしました。パンは神様の贈り物です。神様はお怒りになって、インゲルは沼の底に沈んでしまいました。[Inger はIngridの愛称でIng-frid「美しいイング」より。イングはゲルマンの神]

[ひ]

ひいおじいさん（童話1872, Great-grandfather; Oldefader）ひいおじいさんは恵まれた、賢い、いい人で、家族の全員に尊敬されていました。最初は、おじいさんだったのですが、兄のフレデリックの子供が生まれたときに、ひいおじいさんに昇格したのです（promoted to; avancerede til）。昔はよい時代だった（old time was a good time; gammel Tid var god Tid）というのが、ひいおじいさんの口癖でした。「落ちついて、堅実な時代だった。それが今は何もかもせかせかして、めちゃくちゃだ。若者は口かずばかり多くて、王様のことを話すときも、まるで同輩のような口のききかただ」（sindig og solid var den! nu er der saadan en Galop og Venden op og ned paa Alt. Ungdommen fører Ordet, taler om Kongerne selv, som om de vare dens Ligemænd）[このへんは、耳が痛いですね] ひいおじいさんはデンマークの貴族が農民に自由を与えたこと、デンマークの皇太子が農奴売買を禁止したことを話しました。すると兄のフレデリックは「野蛮な時代だったんだよ。さいわい、われわれはそういう時代を卒業したんだ」と言いました。兄が学問の進歩や自然界の発見や現代の驚異（wonders of the modern age; det Mærkelige i vor Tid）について話すと、ひいおじいさんは目を輝かせて聞き入りました。「人間は利口にはなるが、よくはならないとみえるなあ！」（Man becomes cleverer, but not better; Menneskene bliver klogere, men ikke bedre!）とひいおじいさんは言いました。「彼らは恐ろしい破壊の武器を発明しあっている」。

このように二人の議論は続きましたが、兄のフレデリックがアメリカに留学することになりました。そこで知り合った婦人と結婚して、コペンハーゲンに帰ってきました。無事の帰国を神に感謝して、ひいおじいさんはハンス・クリスチャン・エアステズ記念碑のために200リグスダラーを寄付しました。エアステズ（1777-1851）はデンマークの物理学者で電磁気を発見した人です。アンデルセンがコペンハーゲン大学に入学したときの学長です。

火打箱（童話1835, The Tinder-Box; Fyrtøjet）一人の兵隊が、戦争が終わったので、家に帰るところです。退職金も貰えません。途中で魔法使いのおばあさんに出会いました。「兵隊さん、手伝ってくれたら、お金をあげるよ」と言うのです。「お手伝いって、何をすればいいんですか」「この木のてっぺんに登って行くと、穴があいているからそこから下に降りて行って、金貨と火打箱を取ってきてほしいんだよ。綱を結わえておくから、取ってきたら、綱を引いて合図しておくれ。引き上げてあげるから」。兵隊が木の洞穴に入って降りて行くと、木の底に大きな廊下がありました。そして扉が三つありました。

最初の扉を開けると、大きな犬が座っていて、目玉が茶碗ぐらいもありました。次の扉を開けると、ここにはもっと大きな犬が座っていて、その目玉が水車ぐらいもありました。三つ目の扉を開けると、もっと大きな犬がいて、その目玉はコペンハーゲンの円塔（ラウンドタワー）ぐらいもありました。この部屋に金貨が山のようにあり、それと約束の火打箱がありました。それらを全部リュックサックの中に入れると、上に向かって合図の綱を引きました。上に登ると、魔法使いが言いました。「さあ、その火打箱をよこしなさい。金貨は全部おまえさんにあげるから」「この火打箱をどうするんですか」「そんなこと、おまえの知ったことか」と口論になり、兵隊は魔法使いの首をちょん切ってしまいました。実は、この火打箱はアラジンのランプのような魔法の箱なのです。

兵隊は町の一番立派な宿屋に入って、ご馳走を注文しました。次の日に立派な服と靴を買って、紳士のようになりました。この国のお姫様は御殿の頑丈な部屋に住んでいます。「平凡な兵隊と結婚するだろう」という予言が出ていたからです。さて、立派な紳士になった兵隊は、毎日面白く暮らしているうちに、お金がすっかりなくなってしまいました。そこで、屋根裏の小さな部屋に引っ越しました。もうロウソクを買うこともできません。火打箱を思い出して、擦ってみました。すると、あの茶碗ぐらいの目玉の犬が出てきて、「旦那様、なんのご用ですか」と言うではありませんか。これはすごい魔法の箱だ。「お金をすこし持ってきておくれ」。一度打つと目玉が茶碗の大きさの犬が銅貨を、二度打つと目玉が水車の大きさの犬が銀貨を、三度打つと目玉が円塔の大きさの犬が金貨を持ってくるのです。これで兵隊は、また愉快な生活を送っていました。

ある夜、銅貨の犬を呼んで、「お姫様を連れてきてくれないか」と頼みました。犬は、すぐにお城へ飛んで行ってお姫様を背中に乗せて連れてきました。なんてかわいいんでしょう。兵隊がキッスすると、犬はお姫様を乗せてお城に帰って行きました。次の朝、お姫様は朝食のとき、ゆうべ見た変な夢のお話をしました。お城では用心して、寝ないで番をしていました。真夜中に犬が飛んできて、お姫様を背中に乗せて走って帰りました。番をしていた女官が一生懸命にあとを追って、居場所をつきとめました。そしてその家の戸口にチョークで十字のしるしを書きました。ところが、犬が、このことに気づいて、どの家にも十字をしるしました。

次の晩、お妃は、もっと賢いお方でしたので、お姫様の背中に粉をつめた小さな袋を縫い付けておいたのです。次の夜も犬がお姫様をつれてきました。ところが、粉がこぼれていたものですから、兵隊の隠れ家がばれてしまいました。兵隊は逮捕され、絞首台の上に乗せられましたが、最後に「タバコを一服させてください」と頼みました。火打石を出して、一、二、三、と切ると、茶碗大の目玉の犬と水車大の目玉の犬と円塔大の目玉の犬が三匹あらわれて、「助けてくれ」と叫ぶと、三匹の犬が王様とお妃様と兵士たちに飛びかかりました。こうして、兵隊はお姫様と結婚することができました。
［これは童話第1集（1835）の最初のお話で、アンデルセンが子供のときに聞いたものだと記している］

ヒキガエル（童話1866, The Toad; Skrubtudsen）ヒキガエルの一家が井戸の底に住んでいました。そこに岩場があって、乾いているので、住み心地がよかったのです。ある日、お母さんカエルが井戸のそとへ旅をしようと思って、水を汲みにきたつるべに飛びこみました。つるべというのは、深いバケツ（well bucket; spand）のことです。ところが、つるべが上に来て、ジャーッと水があけられたときカエルは外に飛び出ましたが、お日さまの光があまりに強いので、次の便で井戸の底に戻ってしまいました。次の日末っ子のヒキガエルがつるべに乗って、そとに出ました。ヒキガエルを見た下男に「きみがわるい！」と木靴で蹴とばされてしまいました。キャッ、乱暴だな。
そとに出ると食べ物がたくさんありました。コウノトリはずいぶん高いところにいるんだなあ。なに、人間なんかいなくても、カエルとイモムシがあれば、やっていけるんだって？これからデンマークよりも住みやすい、故郷のエジプトに行くんだ、と話し合っています。「ぼくもエジプトへ行きたいなあ。コウノトリがぼくを連れていってくれないかなあ」と思ったとたん、ヒキガエルの子はパクッと食べられてしまいました。ほんの数日の冒険でした。
［デンマーク語skrubはカエルの背中のブツブツのイボで、

tudseはカエル。普通のカエル（英語frog）はfrø]

羊飼いの娘とエントツ掃除人（童話1845, The Shep- herdess and the Chimney-Sweeper; Hyrdinden og Skorstensfeieren）子供部屋の棚の上に小さな瀬戸物のお人形が立っていました。彼女は羊飼いでした。お隣にエントツを掃除する少年がいました。二人は仲よしでした。「将来結婚しようね」と約束しました。彼女はヤギ脚のオモチャと結婚させられそうになっていたのです。羊飼いはエントツ掃除の少年に「あたしを連れて逃げて」と頼みました。「きみの言うことなら何でもするよ。いますぐ行こう。ぼくが働けば、きみぐらい食べさせてあげられるよ」。少年は娘の手をひいて暖炉の入り口に来ました。「まっ暗ね！」。でも、そのうちに、屋根の上に出ることができました。ごらん、お星さまが輝いているよ」。それから二人は、また難儀をかさねて、おもちゃの部屋に帰りました。

ヒナギク（童話1838, The Daisy; Gaaseurten）緑の草の中に一本の小さなヒナギクが生えていました。お日さまの光を受けて、日に日に大きくなり、花が開いて、白い花びらと黄色い花をのぞかせました。まわりには気どった花がいろいろ咲いています。かおりの少ない花ほど、つんとすましているのです。ヒバリが歌いながら、ヒナギクのところへ降りてきて、「なんてかわいい花だろう」と言いました。ヒナギクはなんとしあわせだったでしょう。しかし、次の日、ヒバリは捕まえられて、カゴの中に入れられてしまいました。楽しく飛びまわる自由を奪われてしまったわけです。男の子が二人やってきて、この芝生をヒバリに持って行ってあげよう、と言いながら、ヒナギクの咲いている芝生を切り取ってカゴの中に入れました。ヒナギクはヒバリに自分をほめてくれたお返しができて、嬉しかったのです。しかし、家の者が水を入れるのを忘れたので、かわいそうにヒバリは死んでしまいました。そして、ヒナギクと一緒に道ばたに捨てられてしまいました。
［アンデルセンの小さな花に対する愛と現実を描く。ヒナギクのデンマーク語gåse-urten は「ガチョウの草」］

ビョルンソン（Bjørnstjerne Bjørnson, 1832-1910）ノルウェーの作家。『日向が丘の少女』『アルネ』など少年・少女小説。1903年ノーベル賞を得た。イプセンの好敵手であった。1861年、アンデルセンとローマで出会い、好印象を受けた。1862年12月、パリでアンデルセンのために、ビョルンソンは歓迎会を開いてくれた。

びんの首（童話1858, The Bottle-neck; Flaskehalsen）人に第二の人生があるように、物にもそれがあるものです。ここでは、こわれたびんの首ですが、活躍の場が待っていました。婚約のお祝いにワインが飲まれました。そのワインのびんが捨てられて、大海原に流れ、世界中を回って、そこからはるばる故郷のデンマークに帰り着きました。そこで、気球船に乗せられて、途中で一軒の家の屋根に落ちてしまいました。こなごなに砕けましたが、びんの首は、まるでダイヤモンドでカットされたように、きれいに割れたのです。それにコルクがはめられて、小鳥が水を飲むためのグラスになりました。では、婚約のお相手はどうなったでしょうか。その方は航海士でした。結婚の前に、最後の航海に出て、遭難して亡くなりました。婚約者のお嬢さんは独身のまま老女となり、あのときのボトルの首が小鳥の水飲みグラスとなって、一緒に暮らしています。
［アンデルセンはどんな生き物も、どんな品物も、テーマとなって活躍する。茶びんの第二の人生はp.105］

［ふ］

ブタ飼い王子（童話1842, The Swineherd; Svinedrengen）
小さな国の王子が皇帝のお姫さまと結婚したいと思いました。そこで、王子のお父さまのお墓に咲いているバラの花と、ナイチンゲールを贈り物として持参しました。このバラは五年に一度だけ、しかも、一輪しか咲かないめずらしい花でした。皇帝は「なんという清らかなバラだろう」とお褒めになりました。そしてナイチンゲールの歌うのを聞いて、侍従が「亡くなられた皇后さまを思い出します」と言いますと、皇帝も「ほんとに、その通りだな」とあいづちを打ちました。ところがお姫さまはバラなんてどこにもあるじゃないの、ナイチンゲールだって、おもちゃのほうがかわいいわ、などとおっしゃるのです。というわけで、王子さまは、第一次試験にパスしませんでしたが、こんなことであきらめられません。
今度はきたない身なりをして、お城の門をたたきました。「皇帝さま、お城で私を使ってくださいませんか」「ブタの面倒を見る者がひとり必要だったな」というわけで、ブタ飼いの仕事を与えられました。王子は仕事の合間に小さなツボを作って、お湯をわかしました。するとツボのまわりの鈴が鳴って、美しい音色で「いとしいアウグスチン」というメロディーが響きました。これを聞いて、お姫さまは、あら、あの歌ピアノでひけるわ、となつかしがりました。女官にあの楽器がいくらか聞いておいで、と命じました。ブタ飼いは「お姫さまのキッス10回です」と伝えました。「まあ、なんて失礼な」と思いましたが、お姫さまはどうしてもほしいので、女官たちを並ばせて、スカートをもちあげて、ブタ飼いに10回キッスを与えて、鈴のツボを貰いました。
王子は、次の日は、ガラガラを作りました。これを振り回すと、ワルツやポルカが鳴るのです。お姫さまは、これもほしくなりました。それで女官にいくらか聞いておいでと命じました。値段はお姫さまのキッス100回というではありませんか。「わたしは10回、残りの90回は女官たちのにしておくれ」と頼みましたが、王子はお姫さまでなければなりません、というので、女官たちが並んで、その中でお姫さまは王子にキッスをさしあげました。ところが、86回目のところで、皇帝に見つかってしまいました。皇帝は怒って、二人を門の外に追い出してしまいました。

ブタ飼いが変装を解くと、立派な王子になりました。
王子は「あなたはバラの価値もナイチンゲールの価値も分かりませんでした。オモチャなんかのためにブタ飼いにまでキッスをしたのですね」と言うと、そのまま自分の国に帰ってしまいました。
［いつもは受け身のアンデルセンが、ここでは突き返している］

二人の男爵夫人（小説1848, The Two Baronesses; De to Baronesser）貧農の娘に生まれたが、数奇の生い立ちを経て男爵夫人となった。もう一人の主人公エリーザベトは嵐の夜、廃屋の中で生まれるが、大学生仲間に拾われ、その後、これまた数奇の運命を経て男爵夫人となった。

二人の兄弟（童話1859, Two Brothers; To Brødre）母のそばに二人の息子がいました。兄は自然の力や太陽や星の本を読むのが好きでした。鳥の翼のようなものを作って、空を飛びたいなと思っていました。弟は正義や真理の本を読みました。二人とも立派な大人に成長しました。兄のハンス・クリスチャン・エアステズ（1777-1851）は物理学者、電磁気の発明者、アンデルセンがコペンハーゲン大学に入学したときの学長で、その後、長い間親交があった人です。弟のアナース・エアステズ（1778-1860）は政治家になりました。

二人のむすめ（童話1854, Two Mistresses; To Jomfruer）この「むすめ」は道路の舗装工が敷石を固めるときに使う道具です。用具置き場に「むすめ」二人のほかに、シャベルや測量尺や手押し車がありました。「むすめ」は「石叩き」と呼ばれるようになるだろうといううわさでした。若いむすめは杭打ち機と婚約していました。「わたし石叩きなんていやだわ」。年上のむすめが言いました。「わたしだっていやよ。でも、むすめと呼ばれるには年をとりすぎているわ」。仕事が始まると、手押し車に乗せられて、敷石を叩くために働かねばなりませんでした。
［brolæggerjomfru舗装用突き棒］

フランス（France; Frankrig）1836年アンデルセンはフランスの北欧文学研究家クサビエ・マルミエ（Xavier Marmier, 1809-1892）と知り合った。マルミエはその対話から「詩人の生涯」（Une vie de poète）を書いて『パリ評論』（Revue de Paris, Octobre 1837）に発表し、のち単行本『デンマークとスウェーデンの文学』（パリ, 1839）に再録された。バイロンの未亡人（Lady Byron）もアンデルセンの伝記「ある詩人の生涯」（La vie d'un poète；再録の際に、フランス語としてより自然な書名に変更された）を読んだ。マルミエの紹介はフランス以外でも広く読まれた。1843年、パリにいるとき、マルミエの紹介で『モンテ・クリスト伯』『三銃士』の作家アレクサンドル・デュマ（父, Alexandre Dumas père, 1802-1870）に会うことができた。デュマはアンデルセンを「愛すべきデンマークの詩人」と呼び、ほかの北欧の作家にくらべて、外国人と打ちとける才能をもっている、と述べている。

ブランデス（Georg Brandes, 1842-1927）はデンマークの文学史家、文明評論家で、コペンハーゲン大学の講義「19世紀文学思潮」は大講堂が学生で満員だった。彼は1869年7月から『絵入り新聞』（Illustreret Tidende）に「童話作家としてのアンデルセン」を掲載した。その中で、次のように書いている。「自分の発達とは相容れない時代に生まれた天才は、望みのないほど打ち砕かれるか、あるいは下級な才幹として亡びてしまう。もしアンデルセンが1805年ではなく、1705年のデンマークに生まれたならば、彼は最も不幸で、全然無意味な人物か、おそらくは偏狂として一生を終わったであろう。あらゆる物が助けに来る時代に生まれた天才は、古典時代の、寛容な創造を生む」（宮原晃一郎訳『黎明期の思想家』春秋社、1942, p.48）。

古い家（童話1848, The Old House; Det gamle Huus）通りの両側に新しい家が並んでいましたが、一軒だけ古い家がありました。新しい家はみな、あのボロの家は、いったいいつまで建っているんだろう。この古い、しかし風情のある家に老人が一人住んでいました。毎朝下男が来て、掃除をしたり、用事をしてあげていました。この古い家の向かいに一人の男の子が住んでいました。両親から老人が一人で住んでいることを聞いていたので、男の子は、ある日下男を呼びとめて、この錫の兵隊をおじいさんに持って行ってください、と言いました。「ぼく、この兵隊を二つ持っているんだ」。こうして男の子は老人と知り合いになりました。老人の部屋の壁に美しい貴婦人の絵がかかっていました。「この人はわたしの知人だが、もうずっと前に亡くなってしまった」と言いながら、隣の部屋から砂糖の煮物や、リンゴやクルミを持ってきました。

ある日、お話をしているときに、錫の兵隊が床の上に落ちました。二人は探しましたが、どうしても見つかりません。床は古くなって、ほうぼうに穴があいていました。そこから地面に落ちてしまったのでしょう。そのうちに老人は亡くなり、家は取り壊されました。近所の家々は「たすかったね」と言い合いました。

何年か経って、そこに立派な家が新しく建てられました。あのときの男の子も立派な青年となり、結婚して、かわいい奥さんと一緒に、この家に引っ越してきました。奥さんが庭で野の花を植えていると、指に何か刺さりました。見ると、オモチャの錫の兵隊でした。帰宅した夫に話すと、こんなところに落ちていたのか、これもあのおじいさんとの思い出だ。大切にとっておこう、と昔の老人のことを奥さんに語り聞かせました。

古い教会の鐘（童話1862, The Old Church Bell; Den gamle Kirkeklokke）ドイツのネッカー河畔に小さな町マールバハ（Marbach）があります。お母さんはその教会の鐘が、何百年もの間、大勢の子供の誕生を祝い、大勢の死を見送ってきたことを子供に話しました。この子供が、貧しく育ったけれども、後に有名になったフリードリヒ・シラー（1759-1805）です。スイスのウィリアム・テルのお話をご存じでしょう。古い教会の鐘は、後に溶かされて、シラーの銅像となり、ヴュルテンベルク王国の都シュトゥットガルトの王宮に立っています。「シラー記念帳のために」という副題がついています。

フレデリック7世（1808-1863）1848年デンマークの王。アンデルセンとはオーデンセで知り合って以来の幼友だちで、アンデルセンが童話を語るのを好んで聞いた。没後クリスチャン9世（1818-1906）の時代になってからも、アンデルセンはしばしば王宮に招かれ、自作の童話を王やその子供たちに語って聞かせた。政治的には1814年にデンマークはノルウェーを失い、国が貧しくなり、経済的にドイツ（ハンブルク）に依存せねばならなかった。その後、デンマークはシュレスヴィッヒとホルシュタインを失ったが、第一次世界大戦後、ドイツの敗北により、この地方を取り戻した。収入の項参照（p.79）。

ブレーメル、フレドリーカ（Fredrika Bremer, 1801-1865）スウェーデンの作家、女性改革を提唱し実践。女性の日常生活を描き、当時フランスのスタール夫人（Madame de

Staël）と並んで欧米で最も有名な女流作家であった。アンデルセンはブレーメルと親交を結び、彼女からしばしば招待された。アンデルセンはスウェーデンを7回訪問した。

フンボルト、アレクサンダー・フォン（Alexander von Humboldt, 1769-1859）からアンデルセンへの手紙（1847）。アンデルセンが自伝『詩のないわが人生の物語』（Das Märchen meines Lebens ohne Dichtung, 1847）をアレクサンダーに贈ったことへの礼状である。
「あなたの自伝、詩のないわが人生の物語は、国王と、病み上がりの王妃を大いに喜ばせました。二人ともあなたによろしくと申しております。私に対する個人的な思い出を書いてくださったことは貴重な記念になりましょう。ぜひまたこのオアシス（と歴史的なサンスーシの丘、憂いのない宮殿、無憂殿）にお出かけください。私はこれから、午前中に、国王と一緒にポツダムへ行かねばなりません。純粋な気持ちであなたを激励する時間の余裕がありません。ただ、26頁に書いてあることに関してだけ記します。あなたは、逆境をいくつも乗り越えて、人は、やっと有名になれる、と書いていますね。子供のときにお母様にそうおっしゃったとは、あなたは早くから賢いお子さんだったんですね。でも、有名になること、つまり、大勢の話題になるということは、いやな訪問客のために時間を取られることなんですよ。大都会では、何度もドアのベルが鳴ることなんですよ。あなたはそれをお母様に言わなかったのでしょう。人生は人によって違います。
永遠の友情とともに、あなたのアレクサンダー・フォン・フンボルトより。ベルリン、1847年4月29日」
（Dania, 8, 1901, p.1-26, Dr.Emil Gigas, Lidt om og fra H.C. Andersens stambog）。Daniaはデンマーク語・文学・フォークロアの雑誌。当時の編者はV.Dahlerup, O.Jespersen, K.Nyropで、それぞれデンマーク語、言語学、フランス語の第一人者であった。
このフンボルトは言語学で有名なヴィルヘルム・フォン・フンボルト（Wilhelm von Humboldt, 1767-1835）の弟で、自然科学者。アメリカ大陸を再発見し、第二のコロンブスと呼ばれる。アレクサンダーは北米・中南米を探検し、5年間の科学的な調査を行ったあと、パリに落ち着いた（1808）が、1827年プロイセン王に請われて、ベルリンに移った。1844年、アンデルセンと一緒にベルリンのプロイセン王夫妻に食事に招かれ、臨席した間柄だった。

[へ]

ベアグルムの僧正とその一族（童話1865, The Bishop of Børglum and his Kinsman; Bispen paa Børglum og hans Frænde）ユトランド半島の北の砂丘に古い館ベアグルム修道院があります。この地方を治めていた人が亡くなったので、未亡人がそのあとを継ぐのが当然だと思っていたら、それを乗っ取ろうとしたベアグルムのオルフ僧正が画策して、ローマ法王に直訴したのです。ローマ法王から未亡人への破門状が届きました。「これなる女と、それに属する者は教区から追放されるべし」とあったのです。未亡人は、たった一人残った老婆と、二頭の牛に荷物を載せて立ち去りました。ドイツのフランケン地方に来たとき、1人の立派な騎士が、武装した12人の部下を従えているのに出会いました。なんという幸運でしょう。この騎士は未亡人の息子だったのです。ドイツの学問を学ばせるために留学させていたのです。このときに息子を会わせたのは、神の采配によるものでした。一行はオルフ僧正とその部下を襲い不正のやからは血の海の中に横たわりました。
[暗黒時代の伝説である。ベアグルム修道院の滞在を記念して書いた、とアンデルセンは記している]

ペンとインキつぼ（童話1859, Pen and Ink-Stand; Pen og Blækhuus）詩人の部屋でペンとインキつぼが会話しています。ペンが言いました。「わたしの中から詩人のすべての作品が出てくるのよ。人物の生き生きした描写、感情、ユーモア。わたしの中から、たったひとしずくだけで半頁書けるのよ」。すると鵞（が）ペンが答えました。「たしかに、そのとおりですよ。あなたは、ただ液体を出しているだけ。あなたが液体をくださると、わたしは語りだし紙の上に見えるようにする、つまり書きおろすのです」。
[デンマーク語のインキblækは英語のblack「黒」; インキつぼをblækhus「インキの家」というのが面白い]

ベントリー（Richard Bentley, 1794-1871）英国の出版者。

国際版権の確立していなかった19世紀にアンデルセンは随分損をした。童話はドイツ語からの重訳で英訳され、謝金もろくに支払われなかったが、Bentleyは良心的に対処し、合計345ポンドを支払った。

出版業は1830-43年の間繁盛したが、Bentley's Miscellanyの編者Charles Dickensと喧嘩別れしてから苦労し、版権の多くを売却せねばならなくなった。しかし1858年から仕事が回復した。

ヘンリエッテ・ヴルフ（Henriette Wulff, 1804-1858）オーデンセ時代からの友人で、アンデルセンは恋愛も含めて、信頼して相談することができ、旅先からもよく手紙を書いた。聡明で利発であったが、せむしであった。1858年9月彼女がアメリカに移住するためにハンブルクで乗船した「オーストリア号」は、ニューヨークに着く数日前に火災事故で沈没した。乗客560人のうち助かったのは90名で彼女はその中に入っていなかった。出発前に「いつまでもbrotherly loveを続けてください。私もsisterly loveを守ります」と書いていた。父の海軍大佐P.F.Wulffはシェークスピア翻訳の第一人者であった。1825年、『シェークスピア戯曲集』3巻をアンデルセンにクリスマスプレゼントとして贈った。

ヘンリエッテ・ハンク（Henriette Hanck, 1824?-1846）オーデンセの印刷業者C.H.Iversenの孫娘。アンデルセンのよき理解者で、ヘンリエッテ・ヴルフとは姉妹のような関係であった。この二人にはアンデルセンは何ごとも信頼して相談することができた。

[ほ]

北欧の開化時代（flowering age; blomstringstid）アンデルセンは1837年に初めてスウェーデンを訪れた。イェーテボリ（Göteborg）の水門施設の技術に感動し、ストックホルムはナポリと同じくらいに感激を与えた。スウェーデンの女流作家ブレーメルは女性解放家としてヨーロッパでもアメリカでも有名であった。彼女はアンデルセンと親交を結んだ。歌手イェンニー・リンドはスウェーデンのナイチンゲールと呼ばれ、ヨーロッパでもアメリカでも活躍していた。Larsen p.124

ホメロスの墓のバラ一輪（童話1862, A Rose from Homer's Grave; En Rose fra Homers Grav）いまはトルコ領になった古代ギリシアのスミルナの町の郊外にホメロスのお墓があります。ヨーロッパ最古のそして最大の詩人です。ナイチンゲールが美しい声で歌ったあと、そのお墓で死んでしまいました。通りかかったラクダ引きの黒人の少年が、小鳥の亡きがらをホメロスのお墓に葬ってやりました。北欧の詩人がそのお墓に咲いたバラの花、世界一美しいバラの花を一輪摘み取って、本の中にはさめて、祖国に持ち帰りました。

ポルトガル訪問（1866, A Visit to Portugal; Et Besøg på Portugal）アンデルセンは1865年ポルトガルの実業家から招待状を受け取った。トルラデス・オニールTorlades O'Neillの二人の兄弟ジョルジェJorgeとジョゼJoséで、子供のころデンマークに住んでいた。ポルトガルは初めてだったので、招待を喜び、翌年リスボンを訪れた。郊外に住むジョルジェ一家とセトゥバル（Setúbal）のジョゼを訪れ、ロバに乗って散策した。この世のエデンと呼ばれる温泉地シントラ（Cintra, Sintra）も訪れた。

ボロきれ（童話1869, The Rags; Laserne）製紙工場のそとにはボロきれが国の内外から集められて山のように積まれていました。デンマークのボロきれとノルウェーのボロきれが隣り合わせになりました。ノルウェーのボロきれが言いました。「おれたちは高い山にいるので、言葉も荒っぽくなるんだ。おまえたちデンマーク人の話し方は、あまったるいんだよな」。すると、デンマークのボロきれが言いました。「しかし、われわれには文学というものがあるんだぞ」。さらに口論が続きましたが、両方とも紙になってしまいました。ノルウェーの紙にノルウェー人がデンマークの少女にラブレターを書きました。そしてデンマークの紙にはノルウェーの栄光を賛美するデンマーク語の詩が書かれました。

［ユトランド半島のシルケボー（絹の町）の製紙工場主のところに滞在していたとき、ぼろきれの山を工場のそとに

見て、この童話を思いついた。『1869年デンマーク国民カレンダー』に掲載した]

[ま]

まったくそのとおり（童話1852, It is Quite True!; Det er ganske vist!）一羽のメンドリがオンドリの気をひくために、自分の羽根を一枚むしりとりました。羽根が少なくなると美しくなると思っていたのです。この話をフクロウのお母さんがハトに伝えました。ハトは「三羽のメンドリが一羽のオンドリに恋をして、三羽とも死んでしまったんですって」と、だんだん誇張して行きました。コウモリは「五羽のメンドリが一羽のオンドリに恋をして、自分が一番恋やつれしていることを見せるために、自分の羽根を全部むしりとってしまったんですって」と、出発点のメンドリのところに伝えられました。この話は新聞に載りました。こういうわけで、一枚の羽根が五羽のメンドリになれるのです。まったくその通り！

マッチ売りの少女（童話1848, The Little Match Girl; Den lille Pige med Svovlstikkerne）寒い冬の夜、雪の降る中を、一人の小さな少女がマッチを売りながら歩いていました。大きな木靴を履いていましたが、馬車が走ってきたときに、それを避けようとして、脱げてしまったのです。一つは見えなくなり、もう片方は男の子が持ち去ってしまいました。お母さんが履いていたので、だぶだぶだったのです。小さな、はだしの足は、雪の上で、あかぎれていました。ちょうど、おおみそかの晩でしたので、どの家からもガチョウの焼き肉のにおいがただよってきます。おなかはペコペコ、マッチは一つも売れていません。このまま家に帰ったら、お父さんに、きっとぶたれるでしょう。

少女は家のすみに座って、マッチを一本すりました。シュッと音がして、まるで小さいロウソクの火のようでした。なんと暖かいこと！　それが消えると、もう一本すりました。すると、マッチが燃え上がった光の中に白いテーブルが見えました。そして、その上には焼きガチョウ、その中につめられたスモモやリンゴが見えました。なんと、おいしそう、と思ったとたん、火が消えてしまいました。また一本燃やしました。今度はクリスマスツリーがあらわれました。クリスマスのロウソクの一本が空に向かって高く飛んで行きました。「アッ、誰かが死ぬんだわ。おばあさんがそう言っていたもの」。

少女は、また一本すりました。すると、明るい光の中に、大好きだったおばあさんがあらわれました。わたしのことを、とてもかわいがってくれたのです。「おばあさん！　あたしを連れてってちょうだい！」。少女は残りのマッチを全部すりました。おばあさんは少女を抱き上げました。二人は光と喜びに包まれて、空高く昇って行きました。二人は神さまのもとに召されたのです。そこには寒さも空腹もありません。翌朝、少女は、ほほえみを浮かべて、死んで、うずくまっていました。この子は暖まろうとしたんだね、と人々は言いました。彼女が、おばあさんと一緒に、どんなに幸せなひとときを過ごしたかは、誰も知りません。

［南ユトランドのグローステーン（Gråsten）のアウグステンボー公爵の城に滞在していたとき、マッチをもった貧しい少女の絵をテーマに、年鑑のために童話を書くよう依頼されて、この話を書いた。アンデルセンの母が、子供のころ、乞食をしてこい、と親に言われ、それができなくて、一日中、橋の下で泣いていたことが思い出される］

まぬけのハンス（童話1855, Simple Simon; Klods-Hans）

klods（クロス）は丸太のような脳なしという意味です。ある地主に二人の優秀な息子がいました。一人はラテン語の辞書を全部暗記していました。もう一人は組合の規則とか政治に詳しかったのです。さて、王様のお姫さまがお婿さんを公募しましたので、二人はお父さんから馬をもらって、お城に出かけました。ところで、地主にはもう一人息子がいたのです。しかしこの子は、まぬけでしたので、兄弟の中には入れてもらえなかったのです。兄たちが出かけるのを見て、ぼくもお城へ行きたいから馬をちょうだいとねだりましたが、貰えませんでしたので、ヤギに乗って出かけました。お姫さまの条件はお話し相手が上手にできることでした。

ハンスは途中で拾ったカラスの死骸と、古い木靴と、ドブの中のドロンコを拾って、ポケットの中に入れました。お城に着くと、大勢の求婚者が並んでいて、書記が成績をつけていました。上の兄も二番目の兄も落第でした。ハンスが試験場に入ると、とても暑かったので、「燃えるような暑さだ」と言いましたので、お姫さまは「ニワトリのひなを焼くためよ」と言い返しました。「それじゃ、ぼくが拾ってきたカラスも焼いてよ」「でも、お鍋もフライパンも、入れる物がないわよ」「そんなら、この木靴の中に入れよう」「でも、ソースはどうするの」「ポケットの中にあるドロンコにしよう」。こうして、ハンスはお姫さまの会話の相手として見事に合格したので、お姫さまと結婚することになりました。

[み]

水のしずく（童話1848, The Drop of Water; Vanddråben）
一人の老人が溝の水溜まりから汲んできた水の一滴を調べていました。拡大鏡で見ると、何千もの生き物がウヨウヨ・ガヤガヤ（Krible-Krable）しているではありませんか。そこで、この老人をウヨウヨカヤガヤ先生と呼んでいました。その無数の生き物は飛んだり、跳ねたり、おたがいにひっかき合ったり、食いついたりしていました。よし、魔法を使ってみよう。この魔法というのは赤ワインの一滴です。すると、みなバラ色になりました。人間が着物を着ないで走りまわり、押し合い、突き飛ばしたりしているようす。一人の男を引きずり倒したと思うと、食べてしまいます。片隅で平和と休息を願っていた娘も食べてしまいました。これはコペンハーゲンか、どこかの大都会なのです。

みなその正しい場所に（童話1852, Everything in its Right Place; Alt paa sin rette Plads）狩りの一行がお城に帰る途中でした。城主が道端にいたガチョウ番の娘の胸をついたので、娘は泥の中にあおむけに倒れてしまいました。城主は笑いながら、「みんなその正しい場所に、お前の場所は、その泥の中だ」と言って、走り去りました。それを見ていた行商人が助けてくれました。その人は靴下を売って歩く商人だったのです。「みんなその正しい場所に」と言いながら、少女を乾いた場所に乗せました。少女は、起き上がるときにつかまった柳の枝が折れてしまいましたので、その枝を道ばたに植えました。お金持ちの城主はさんざん贅沢な暮らしをしているうちに、6年もたたないうちに、すっかり貧乏になり、お城を出て行きました。

お城はお金持ちの行商人に買い取られたのです。ガチョウ番の娘を助けてくれた人です。二人は結婚して、このお城に住むことになりました。正直と勤勉には順風が吹いてくれるものです。お城では、家族全員が楽しく暮らしました。柳の木も立派に育ちました。行商人は勉強して法律顧問官になりました。お城の広間に城主と妻の肖像画が飾られました。何代かのち、牧師の息子がこの屋敷で家庭教師をしました。そして、そのお城の娘と結婚することになりました。「みんなその正しい場所に」おさまったのです。

［貴族社会から市民社会へ移る一例を示している］

みにくいアヒルの子（童話1843, The Ugly Duckling; Den

grimme Ælling）みにくいアヒルの子は成長して美しい白鳥になった。これは貧しい家庭に育ったが、成長して立派な詩人になったアンデルセン自身である。

暑い夏の日アヒルのお母さんが巣の中でタマゴを温めていました。そのうちにタマゴが割れて、ピヨピヨと鳴きだしました。次から次に、かわいい頭を出しました。あたりを見まわして「世界は広いなあ」と口々に言いました。お母さんが説明しました。「世界はね、この庭のずっと向こうの、牧師さまの畑まで広がっているんだよ」。タマゴはみな無事に割れてヒヨコが誕生しましたが、まだ一つ、大きいのが残っていました。

やっとその大きなタマゴも割れて、みにくい子が出てきました。兄弟のヒヨコが寄ってきて、みにくい子、あっちへ行け、といじめられ、ほかの鳥やイヌやネコにもいじめられました。冬になると、とても寒くて、そとにはいられません。一軒の百姓家にたどり着いて、入り口のすきまから中へ入って行きました。ここにはおばあさんがたったひとり、ネコとニワトリと一緒に住んでいました。

春が来て暖かくなったので、アヒルはそとに出ました。池に美しい白鳥が三羽泳いでいました。子供たちが叫びました。「アッ、新しい白鳥がいるよ！」。そうです。みにくいアヒルの子は美しい白鳥に成長していたのです。

「白鳥のタマゴなら、アヒルの巣に生まれても、あとで白鳥になる」（It doens't matter about being born in a duck-yard, as long as you are hatched from a swan's egg; Det gjør ikke Noget at være født i Andegaarden, naar man kun har ligget i et Svaneæg.）は好んで引用される。アンデルセンは童話で有名になったが、自分は詩人と称した。スウェーデンのマルメで学生たちに歓迎されたとき、自分のことを詩人（digterよりも古いことばでskjaldスカルド）と呼んでいた。デンマーク語の「詩人」（digter）はドイツ語のDichterと同様、作家の意味もある。

[む]

ムーア人の娘（1840, The Moorish Girl; Mulatten）アンデルセンの戯曲。『混血児』にかわるアンデルセン自身の構想による作品で、王立劇場で採用された。アンデルセンは主役にハイベア（Fru Heiberg）を望んだが、これは拒否された。ハイベアは王立劇場第一の女優であり、ヨーロッパ全土に名声を博していた。彼女はアンデルセンの修行時代の知人だったが、その後、デンマーク随一の文芸評論家Johan Ludvig Heiberg（1791-1860）と結婚した。

[め]

メルキオール夫妻（Moritz Gerson Melchior,1816-1884, Dorothea Melchior, født Henriques,1823-1885）1867-75年、アンデルセンは実業家メルキオール夫妻の別荘「静寂荘」Rolighedにしばしば招待され長期滞在した。そこはアンデルセンにとって、第二のわが家であった。若いときにヨーナス・コリーン家が「わが家」であったように。卸売商モーリッツ・メルキオールはコペンハーゲンの商人階級の最も重要な代表者の一人であった。メルキオールはもとの屋敷を小さなローセンボー宮殿のように改築し、別荘ローリヘーズRolighedと名づけた。これは「静けさ」の意味である。コペンハーゲン郊外の東橋区（Østerbro）の火酒蒸留所通り（Kalkbrænderivej）にあった。1875年8月4日、アンデルセンが70歳で亡くなったとき、メルキオール夫人は「われわれの共通の友は午前11時5分、静かに目を閉じました」とベッドのかたわらにあるノートに書き込んだ。死因は肝臓ガンであった。枢密顧問官モーリッツ・メルキオールはただちに関係者に弔電（ちょうでん）を送った。

［Melchiorは東方の三博士の一人とされ、ヘブライ語で「わが王は光なり」の意味；melchi ‘king’］

［も］

もの言わぬ本（童話1862, The Silent Book; Den stumme Bog）本は人と違って、しゃべることはできませんが、作者あるいは読者の、いろいろのことを語ってくれます。亡くなった方のひつぎのかたわらに一冊の本が置いてあります。その本にはスイレン、イラクサ、スズラン、スイカズラなど、お花の標本がさくさん収められていて、その花の一つ一つが、その人の生涯を語っています。ウプサラ大学で古典語を学び、歌をうたい、詩を書きました。田舎に帰りましたが、お酒におぼれ、命をちぢめてしまいました。この本をひつぎの中に入れてあげましょう。

［ウプサラ大学はスウェーデンの、また北欧最古の大学］

モミの木（童話1844, The Fir Tree; Grantræet）森の中に

松やモミの木がたくさんありました。子供たちが遊んでいます。「おや、こんなところに小さなモミの木があるよ」「ほんとだ、かわいいね」。冬になると、モミの木が伐り倒されて運ばれて行きました。「スズメさん、あの木はどこへ行くの？」「もうすぐクリスマスなので、いろいろの家に運ばれて、クリスマスツリーになるんだよ」「ぼくも早く大きくなって、子供たちの家に運ばれたいなあ」。モミの木は大きく立派に成長して、切り倒されて、子供たちのいる家庭に運ばれました。そこは、とても暖かい部屋でした。「わあ、立派な木だなあ」と言いながら、金色や銀色の紙で飾りつけました。そしてキャンディーの入った袋も吊り下げました。「わーい、うちのクリスマスツリーは町で一番だ」と叫んだとき、ぼくは、一生のうちでこんなにしあわせな日はありませんでした。しかし、クリスマスがおわると、ぼくは家のそとに運ばれ、最後に暖炉のたきぎになって、パチパチと燃えて、一生を終わりました。

［早く一人前になりたいモミの木はアンデルセン自身である。モミのラテン名abiesは松科の常緑樹で、美しいピラミッド型をしている。モミの木はマルシャークの『森は生きている』にも登場する］

門番の息子（童話1866, The Porter's Son; Portnerens Søn）
門番と将軍は同じ家に住んでいました。門番の一家は地下室に、将軍の一家は一階と二階に。身分の違いは大きかったのですが、両方とも、同じ屋根の下に住み、往来と中庭に、同じ眺めをもっていました。門番の息子はゲオルグ、将軍の娘はエミーリエといいました。将軍の奥様は美しいやさしい方でしたが、乳母に二人を一緒に遊ばせるのはいいけれど、娘にさわらせてはいけない、と言いました。これは分かるでしょう。身分の相違というものです。ある日少年が手紙と新聞を将軍のところへ届けようとすると、小さいお嬢さんのエミーリエが、窓のカーテンのそばにいて火が燃え上がっていました。ゲオルグは、急いでカーテンを引きずり落とし、大声をあげて人々を呼びました。ゲオルグがいなかったら、大火事になるところでした。将軍と奥さまは娘に問いただしました。「あたし、マッチを一本すっただけよ。そしたらすぐ火がついたの」。

ゲオルグ少年は、ごほうびに4シリングもらいました。少年はそのお金をためて、あとで、絵の具を買いました。少年はスケッチを描いて、それに絵の具をぬり、エミーリエに与えました。二人は、なかよく育ちましたが、結婚するには身分が違いすぎます。ゲオルグはイタリアに留学し建築技師になりました。そして大学教授になり、枢密顧問官にまでなりました。人はゲオルグが地下室の出身とは信じませんでした。ゲオルグは王様の宴会に招待され、エミーリエもそこに招待されました。エミーリエのお父さまは将軍でしたが、おじいさんは、もっと身分が上の伯爵だったのです。そして、二人がこうなることを、以前から願っていました。二人は結婚し、子供も三人生まれました。

［下層階級から上流社会へ（p.46）の例である］

[や]

柳の木の下で（童話1852, Under the Willow Tree; Under Piletræet）コイエ（Køge）の町は、コペンハーゲンのすぐ南にあるコイエ湾にあります。ここにクヌードという男の子とヨハンネという女の子が隣同士に住んでいました。二人は川岸に立っている柳の木の下で遊ぶのがすきでした。ヨハンネは銀の鈴をふるような美しい声で歌うことができました。二人はなかよく遊んでいましたが、そのうち、お別れの日が来ました。ヨハンネのお母さんが亡くなり、お父さんはコペンハーゲンに出て、仕事も見つかりました。

クヌードは靴屋に弟子入りしました。少年はどんなにコペンハーゲンに行って、ヨハンネに会いたかったでしょう。35キロぐらいしか離れていません。クリスマスのときに、ヨハンネのお父さんからクヌードの両親あてに手紙が来ました。ヨハンネは美しい声が認められて、オペラ劇場に出ることになったのです。そのお祝いに1リグスダラーを送ります。ヨハンネのために乾杯してくださいとあります。クヌードは19歳、ヨハンネは17歳になっていました。

クヌードは一人前の職人になりました。生まれてはじめてコペンハーゲンに行くのです。そこで金の指輪を買って彼女に渡そうと思ったのです。日曜日にヨハンネの父親を訪ねますと、喜んで迎えてくれました。「あんたを見たら、ヨハンネもさぞ喜ぶでしょう。あの子はわしらに部屋代も払ってくれます」とお父さんは言いました。お父さんの新しい奥さんも快く迎えてくれて、コーヒーを出してくれました。それからヨハンネの部屋に案内されました。ヨハンネはクヌードの手をとって言いました。「クヌードさん、あなたは本当にいい方ね。どうぞ、いつまでも、変わらないでくださいね」次の日曜日、クヌードはヨハンネを訪ねました。「いいところに来てくださったわ。わたしフランスに行くことになりましたの。もっと勉強するために」クヌードは心臓が張り裂けそうでした。自分がどんなにヨハンネのことを思っているか、そして、ぼくのかわいい妻になってくれないか、と打ち明けました。すると、ヨハンネが言いました。「わたしはいつまでも、あなたのよい妹ですわ。それは信じてくださいね。でも、それ以上はいけないわ」。ヨハンネはフランス行きの船に乗りました。

クヌードはドイツに入り、ニュルンベルクに来ました。そして親切な親方も見つかりました。しかし柳の木が多くて、むかしを思い出さずにはいられません。イタリアのミラノでヨハンネが婚約したことを知り、クヌードは故郷に帰ることにしました。途中、柳の木の下で眠っている間に降り積もった雪の下で凍え死んでしまいました。

山室静（やまむろ・しずか；1906-2000）東北大学文学部美学科卒。北欧文学を広く紹介し、アンデルセン関係の翻訳・著書も多数。アンデルセンの初恋のRiborg Voigtをヴォイクトとしたため、わが国ではすべてこのように表記されているが、正しくはフォークト［fo:kt］で、「代官、村長」の意味。Voigtのiは前の母音を長く発音する文字。

[ゆ]

夕食（dinner; middag）アンデルセンは貧乏時代には月曜日はビューゲル夫人（Fru Bügel, 卸売商）宅で、火曜日はコリーン家（Collins）で、水曜日はエルステズ家（H.C. Ørsted；アンデルセンがコペンハーゲン大学に入学したときの学長）で、木曜日はふたたびビューゲル夫人宅で、金曜日はヴルフ家（Wulffs）で、というような生活をしていた。1860年代に生活は安定し、十分に食事をとることができたが、次の方々のお宅で夕食をともにした。月曜日はエドヴァート・コリーン夫妻（Edvard and Henriette Collin）宅、火曜日はヨーナス・コリーンの長女夫妻宅（Adolf and Ingeborg Drewsen）、水曜日はH.C. Ørstedの未亡人と娘宅、木曜日はメルキオール夫妻宅、金曜日はイダ・コック夫人（Fru Ida Koch, Henriette Wulffの姉妹）宅、土曜日はネーアゴール夫人（Fru Neergaard）宅、日曜日はヘンリク夫妻（Henriques）宅においてであった。

雪ダルマ（童話1861, The Snowman; Sneemanden）雪ダルマとイヌが会話をしていました。雪ダルマは男の子たちがいま作り上げて、誕生したばかりです。イヌはこのお屋敷の番犬です。あれ、まるい大きな光が見えなくなって、また別の方角から黄色い光が見えてきたぞ。イヌが説明しました。あれはね、太陽が沈んで、夜になると、お月さまが昇ってくるんだ。次の日、また太陽が昇ると、あたり一面、雪の上にダイヤモンドがきらきら光っているようでした。雪ダルマのそばで若い娘が言いました。「まあ、なんという美しさでしょう」。娘が、にっこり雪ダルマにうなずくと、友達と一緒に行ってしまいました。「あの二人はだれなの」と雪ダルマがイヌに尋ねました。「あの女の子は、ぼくが小さいとき、なでてくれた。男の子は骨をくれたんだ。いま二人は恋人だよ」とイヌが説明しました。

［Snowmanは無邪気だが、Ice Maiden氷姫は恐ろしい］

雪の女王（童話1844, The Snow Queen; Sneedronnigen アンデルセンは「雪」をsneeと綴る）7部からなる長編物語で1844年12月5日に執筆開始、1844年12月21日に出版という超スピードだった。

主人公のカイKayは6歳、ゲルダGerdaは5歳というおさななじみです。二人は隣人同士で、屋根裏部屋に住んでいて、ひさしを渡るだけで行き来ができました。ひさしに小さな花壇があって、二人とも、きれいな花ね、と言っては喜ぶ間柄でした。ところで、悪魔の頭（かしらDevil; Djævel）が悪魔の鏡（demon-mirror; Troldspeil）を作って、神様がどんな顔をしているか見てやろうと思ったのです。しかし、悪魔どもが、あまり高くに上って行ったので神様のところに着く前に、途中で鏡が落下して、こなごなに砕けてしまいました。その破片が世界中に飛び散り、コペンハーゲンの町にも降り注ぎました。そして、その一つがカイの目の中に突き刺さってしまったのです。すると、いままで親切でよい子だったカイが、いじわるな男の子になってしまいました。花壇の花を見て、きたない花だなあと言いながら投げ捨ててしまいました。ゲルダは驚いて、「どうしたの、カイちゃん」と、とめようとしましたが、無駄でした。カイは街路に出て、いろいろと乱暴を繰り返しているうちに、雪の女王の馬車に乗せられて、北のラップランドの氷の宮殿に連れ去られてしまいました。

春になって、雪が解けると、ゲルダはカイを探す旅に出ました。途中で老女の子供にされそうになったり、盗賊の家で、その親分の娘と仲よくなったりしました。ラップランドからフィンマークまでは400マイルもあります。雪の女王の宮殿は、さらに遠く、北極の近くの島スピッツベルゲン（Spitzbergen, いまはノルウェー領）にあるのです。そこで彼女はオーロラを燃やしているのです。ゲルダは盗賊の娘から馬を貰って、雪と嵐の中を進みました。氷の宮殿でカイは女王のために仕事をさせられていました。ゲルダが熱い涙を流して、その涙がカイの胸に落ちると、目から涙が流れ、同時にガラスの破片も流れ出ました。二人は1年ぶりの再会をどんなに喜んだでしょう。途中、お世話になった盗賊の娘に別れを告げて、故郷に帰りました。二人は、7歳と6歳、ちょっぴり大人になっていました。

［氷のような理性と愛の戦いにおいて、愛が氷の宮殿を溶かした。2005年5月22日からNHKで29話のアニメが放映された。ロシアの「雪の女王」（Snežnaja（スニェージュナヤ） koroleva（カラリューヴァ））のアニメの最後の場面に「ゲルダよ、わたしの負けだ」というセリフがあるが、これは原作にはない］

ユダヤ娘（童話1856, The Jewish Girl; Jødepigen）貧民学校に一人のユダヤ娘がいました。町がちがいますが、貧民学校はアンデルセンも小学生のころに通っていたところです。この娘はサラという名でしたが、とても利発で熱心な子でした。ただ、この学校はキリスト教の学校でしたので、宗教の時間だけは参加できませんでした。その時間は地理や算数の勉強をしていました。どの科目も、ほかのどの生徒よりも、よく出来ました。先生は、娘の父親に、ほかの学校へ行かせるか、キリスト教徒にさせてはいかがですか、と相談しました。母親は亡くなる前に娘には洗礼をしないでほしい（キリスト教徒にしないでほしい）と言っていたので、父親はその言葉を守っていたのです。それで娘は学校をやめました。

何年も過ぎて、娘はユトランド半島の小さな田舎町の家庭に奉公していました。ひまなときには旧約聖書を読みました。これはユダヤ人の聖書です。新約聖書はキリスト教徒の聖書です。この家の主人が子供たちに語っているキリスト教徒のお話を聞いていました。ハンガリーの騎士がトルコの王（ユダヤ教徒）に捕らえられ、畑で鞭打たれながら働かせられていました。騎士の妻は財産を全部売り払って夫の身代金を支払い、取り戻すことができました。その後戦争でトルコの王は捕らえられ、今度は騎士のお城の土(つち)牢(ろう)に入れられました。騎士が言いました。「お前は私が復讐を企てていると思うだろうが、お前を許す。私が許すのではなく、キリスト教が許すのだ。国に帰って、苦しんでいる人々を助けてあげなさい」。トルコ王は涙を流したが、その直前に飲んだ毒のために死んだ、というお話です。

ユダヤ娘サラが仕えていたご主人は亡くなり、その奥様も病気になりましたが、収入のなくなったこの家に奉公を続けました。手内職をして働きましたが、彼女も倒れました。「かわいそうなサラ！　仕事と看病に疲れたのだ」と人々は言いました。貧民病院（hospital for the sick poor; fattiges sygestue）に入れられ、そこで亡くなりました。

［ハンガリー伝説を再話したもの。サラはヘブライ語で姫の意味］

［よ］

妖精の丘（童話1845, The Elf-Hill; Elverhøi）妖精は天国から追放されて、地上に舞い降りた生き物です。妖精は人間に見えないように、森の奥深くや丘（まるい丘, knoll）に住んでいます。今日は妖精の丘でパーティーがあるので、朝から大騒ぎでした。妖精の王さまの7人の娘がノルウェーのドヴレ（Dovre）の王の息子2人とお見合いをするためです。娘たちは自分の得意芸を披露しました。一番下の娘は一番美しかったのですが、木の切れはしを口にくわえると、姿が消えてしまいました。それが彼女の芸だったのです。ハンの木の切り株にホタルをまぜてお酒を作ったり、ハープをかなでたり、お話の得意な娘もいました。肝心のノルウェーの王子たちは、つまらないと言いながら、外に遊びに行ってしまいました。

［Dovreはノルウェーの山岳地帯ヨトゥンハイムJotunheim（巨人の国の意味）の中の山で、ペールギュントの舞台。Dovreの原義は「裂け目」語根 *dhubh-深い］

［り］

リグスダラー（rixdollar; rigsdaler［rigは王国］）アンデルセンが14歳でオーデンセを旅立つとき、持参金はわずか13リグスダラーだった。13万円ぐらいと思われる。アンデルセンの1872年3月現在の全財産は19,824リグスダラーだった。

リボーウ・フォークト（Riborg Voigt, 1806-1883）初恋の女性である。アンデルセンがスラーゲルセのギムナジウムに通っていたときの同級生Christian Voigt（1808-88, 博士候補であったが、のちに商人となる）の姉。夏休みに遊びにおいでよ、という言葉に誘われて、フューン島のフォボーウ（Fåborg）を訪れたときに出会った。アンデルセンは褐色のひとみ（brune øjne）にたちまち恋をし、彼女に詩を贈った。だが、彼女にはすでに婚約者がいたので、この恋は成就しなかった。のちに、『コマとマリ』の中に登場する（p.67）。Voigt［fo:kt］は「代官、村長」の意味。

旅行記（travels; rejser）「旅することは生きること」To travel is to live; At rejse er at leveと言っている。アンデルセンは旅行が好きで、ヨーロッパの各地を旅し、当地で得た感想と知識を記している。『影絵』1831、『一詩人のバザール』1842、『スウェーデン紀行』1851、『スペイン紀行』

1863、『1866年のポルトガル訪問』がある。

両親（父母）父ハンス・アンデルセン（1782-1816）は靴職人だったが、文学好きで、本当はギムナジウムに進学して勉強したかったが、貧しかったので、進学を断念した。そのかわり、自分の情熱を息子のハンス・クリスチャンの教育にそそいだ。アラビアンナイトやラフォンテーヌの寓話を読んで聞かせ、人形芝居を作ってやったりした。ナポレオンがドイツに進軍してきたとき、デンマークはフランスの同盟軍だったので、義勇兵を募集した。父はナポレオンを崇拝していたので、応募した。いままでの人生から立ち上がりたいと思ったのだ。しかし、軍隊がホルスタインまで行ったとき、戦争は終わってしまった。父は帰郷してから病気になり1816年に死んでしまった。「息子には、何でも、希望するようにしてやってくれ」というのが母に残した遺言だった。母はアン・マリー・アナースダター（Anne Marie Andersdatter, ca.1775-1833）といい、貧しい子供時代を過ごした。その思い出は『マッチ売りの少女』に投影されている。母は父と結婚する前に、1799年に陶器作りで擲弾（てきだん）兵ローセンヴィンゲ（Rosenvinge）という男との間にカーレン・マリー（Karen Marie）という娘を生んでおり、アンデルセンは成長して有名になると、この異父姉の存在を恐れた。母は父が亡くなると、1816年に別の靴屋と再婚した。これも、生活のためであった。その再婚相手も1822年に亡くなったあとは、洗濯女として生活費を稼いでいた。母は字が読めなかったが、息子のハンス・クリスチャンが官費でギムナジウム（ラテン語学校）に通学し、コペンハーゲンで暮らしていることを誇りにしていた。しかし『即興詩人』や『童話』の成功を知る前に、1833年に、一人さびしく亡くなった。

臨終の子（1827, The Dying Child; Det døende Barn）アンデルセンの最初の詩で1827年9月『コペンハーゲン郵便』Kjøbenhavnspostenにドイツ語訳と一緒に掲載され、1828年12月、より有名なJ.L.Heiberg編の週刊誌『コペンハーゲン飛脚便』Kjøbenhavns Flyvende Postに再度掲載された。3節のうち第1節のみ掲げる。「お母さん、ぼくは疲れた。もう眠りたい。あなたの胸に抱かれて眠らせてください。でも、泣かないと初めに約束してください。あなたの涙がぼくのほほに落ちると、焼けそうだから。ここは寒い。外では、あらしが吹き荒れています。夢の中では、すべてがとても美しい。やさしい天使が見えます。疲れた目を閉じると」(第2節と第3節は省略)。
英訳（R.P.Keigwin）Mother, I'm so tired, I want to sleep now; Let me fall asleep and feel you near, Please don't cry – there now, you'll promise, won't you? On my face I felt your burning tear. Here's so cold, and winds outside are frightening, But in dreams – ah, that's what I like best: I can see the darling angel children, When I shut my sleepy eyes and rest.

デンマーク語はsove-love, ind-Kindのようにababcdcdの脚韻、強弱4歩格（trochaic tetrameter）になっている。

Moder,|jeg er|træt, nu|vil jeg|sove,| ［強弱,強弱,強弱,強弱］
lad mig|ved dit|Hjerte|slumre|ind ［x］；［以下同, xは欠格］
græd dog|ei, det|maa du|først mig|love,
thi din|Taare|brænde|paa min|Kind. ［x］［xはcatalectic］
Her er|koldt og|ude|Stormen|truer,
men i |Drømme|der er|alt saa|smukt, ［x］
og de|søde|Engle|børn jeg|skuer,
naar jeg|har det|trætte|Øje|lukt. ［x］

リンド、イェンニー（Jenny Lind, 1820-1887）スウェーデンのオペラ歌手（ソプラノ）。1838年デビュー、スウェーデンのナイチンゲールと呼ばれ、パリ、ロンドン、ウィーン、コペンハーゲン、ベルリンで大好評を博し、アメリカでもコンサートツアー（1850-52）を行なった。アンデルセンは当時宿泊していた北ホテルで彼女に出会い、その美しさだけでなく、崇高な芸術性のゆえに恋に落ちた。「私は初めて芸術の神聖を理解した。人は最高のものに奉仕するとき自分を忘れねばならないということを彼女から学んだ。いかなる書物も、いかなる人もイェンニー・リンドほど私に対して神聖な影響を与えたものはない」（Først har jeg forstaaet Kunstens Hellighed, gjennem hende har jeg lært, at man maa glemme sig selv i den Højestes Tjeneste. Ingen Bøger, ingen Personer har bedre og mere forædlende indvirket paa mig som Digter end Jenny Lind. Larsen p.128）アンデルセンにとって第3の恋、最後の恋であった。童話『ナイチンゲール』は彼女から着想を得た。その後、彼女はピアニストのゴルトシュミット（Otto Goldschmidt）と結婚した。1854年夏、アンデルセンはウィーンで彼女のチャリティコンサートに出席し、彼女の家で食事に招待された。イェンニーと一緒にワイマールのゲーテとシラーの墓を訪れた（Larsen p.130）。

[ろ]

ローク（出版者, Carl B.Lorck, 1814-1905）デンマーク生まれ、ライプツィヒの出版社。アンデルセン全集、絵入りアンデルセン童話集、自伝を出版し、ドイツ語版の普及に貢献した。32巻全集Gesammelte Werke（1847-48）に300ターラー、Ahassuerusに27フレデリクスドール、In Swedenに200リグスダラーを支払った（Bredsdorff p.260）。アンデルセン自伝（ドイツ語版Das Märchen meines Lebens ohne Dichtung, 1847, 2巻）はここから出た。Leipzig（ライプツィヒ）は学術、音楽、出版の都市だった。

ロウソク（童話1871, The Lights; Lysene）テーブルの上に二本のロウソクが立っていました。一つは蜜蝋のロウソクで、宴会のときにシャンデリアに使う上等のものでした。もう一つはクジラの油で作った鯨油（げいゆ）ロウソクで、台所などで使われるものでした。大きな屋敷で舞踏会がある晩、向かいの貧しい家に住んでいる男の子が、このお屋敷の台所に呼ばれました。親切な奥さまが男の子に、かごいっぱいのジャガイモとリンゴと、そして鯨油ロウソクを渡しました。男の子はお母さんと小さい弟と妹と、四人で住んでいました。一番下の娘が言いました。「今晩はおいしいジャガイモが食べられるのね、それにリンゴもあるのね」。これを聞いて、鯨油ロウソクは、お屋敷の台所にいたときよりも、もっと幸福でした。食事のあと、ロウソクはお母さんが夜なべをするときにも役立ちました。
［lysは「明かり」-eneは複数定冠詞］

ロンドン（London）英国はシェークスピアとスコットの国であり、アンデルセンは早くから訪問したいと思っていた。文芸新聞（Literary Gazette）の編集長ジャーダン（William Jerdan）からの招待状を受けて、アンデルセンは1847年ロンドンに着いた。アンデルセンの最初の英訳者メアリー・ハウィット（Mary Howitt, 1799-1888）が紹介記事を書いた。1847年、アンデルセンは「ロンドンのライオン」（名物男）であった。英訳出版者リチャード・ベントリー（Richard Bentley）宅に招待され、家族からも歓迎された。1857年に英国を訪問したときにはディケンズ宅に5週間も長居をしてしまい、けむたがられた。

ロンドン滞在中、友人がアンデルセンに助言した。「一人で出かけるときは、住んでいる通りの名前をメモしておけよ」。翌日、出かけるとき、通りの角にある文字を丁寧にメモした。案の定、大都会でアンデルセンは道に迷ってしまった（p.35）。

［わ］

ワイマール（Weimar）ドイツ中部の都市。人口6万。18-19世紀、ヘルダー、ゲーテ、シラーが活躍し、ヨーロッパ文芸の中心地の一つだった。とりわけゲーテは1775-1786年の間ワイマール公国のKarl August公の内閣の一員となり、道路建設、公園敷設、財務、社会事業、鉱山事業に携わった。アンデルセンは1844年夏、ワイマール大公夫妻に招待され、ベルベデーレ（Belvedere「美景」）城で食事をした。ゲーテとシラーの墓を訪ね、主の祈りを捧げた。

わるい王様（童話1840, The Wicked Prince; Den onde Fyrste）王様は国民の幸福を考えねばなりませんね。ところが、むかし、わるい王様がいました。世界中の国を征服して、その名を聞いただけで人々を震え上がらせてやりたいと思いました。王様の兵隊たちは畑の穀物を踏みにじりお百姓の家に火をつけました。母親たちは乳飲み子をかかえて、壁のかげに隠れました。占領した町からは黄金や宝物が持ち去られ、王様の都に運ばれて、山のような富が積み上げられました。

　わしは神をも征服しよう、と空を飛ぶことのできる精巧な船を作らせました。船は空高く、どんどん昇って行きました。ようし、まず、天使を撃つぞ。弾丸が天使の翼にあたると、一滴の血が落ちて、それが王様の乗っている船、つまり、空中船ですが、その上に、天使の血が落ちたのです。すると、船は火だるまになり、地上に墜落しました。

王様は、命だけは助かりました。今度は、7年間もかけて、もっと頑丈な船を作りました。こんどこそ、神に打ち勝つぞ、と空中めがけて、さらに高く飛び立ちました。そのとき、神は小さなハチの群れを王様に送りました。そのうちの一匹のハチが王様の耳の中に入り込んで、毒が脳にまわり、王様は気が狂ってしまいました。[古い伝説]

本書に出たデンマーク語の語釈（515語）

（綴りは現代語；配列順序：a,b,c…,z,æ,ø,å）

［注意］①E.=英語，G.=ドイツ語；②［共］名詞の共性（男性、女性）；［中］中性名詞；③-en, -ene, -etは定冠詞の語尾：dag-en 'the day', dag-ene 'the days', hus-et 'the house', hus-ene 'the houses'；④['] はアクセント；['] は声門閉鎖（glottal stop）を示す。[al'f] はアルと発音したあとで声門を閉じてからフを続ける。

af［ア］［前］…の,…から,によって（of, from, by）
'afgift［アウギフト］［共］税［G.Ab-gabe与えてしまうこと］
aften［アフテン］［共］'evening'
alf［アル'フ］［共］妖精 E.elf
alma'nak［アルマナク］［共］こよみ。
alt［アル'ト］［代］'everything'
'altid［アルティー'ヅ］［副］'always'
'amme［アメ］［共］乳母。
'andegård［アネゴー'］［共］'duck-yard'［gård 'garden, yard'］
Annun'ciata［アヌンチャータ］女名［告知された者'announced'］
arv［アー'ヴ］［共］遺産［G.Erbe］
at［オ］（不定詞）'to'：at rejse 'to travel', at leve 'to live'
'atterdag［アタダー'］［atterふたたびdagあの日を、かつての栄光を、とヴァルデマー王は叫んだ］
avan'cere［アヴァンセー'オ］［動］昇格する（advance）
barn［バー'ン］［中］子供（pl.børn）
baro'nesse［バロネセ］［共］男爵夫人。
ba'sar［バサー'］［共］バザー［ペルシア語bazar市場］
bedre［ベヅォ］［形］'better'
be'gynderbog［ベゲナボー'ウ］［共］初級者の本beginner-book
be'høvedes［ベヘーヴェゼス］要求された、必要だった。
'benene［ベー'ネネ］［名］'the legs'
Ber'nardo［ベルナルド］男名［クマ（bern）のように強い（hardo）］
be'synge［ベセン'ゲ］［動］…を歌う（pp.besunget）
be'søg［ベセー'イ］［中］訪問［G.Besuch］
'billedbog［ビレヅボー'ウ］［共］絵本。
'billede［ビレヅェ］［中］絵［G.Bild］
bisp［ビスプ］［共］僧正'bishop'

bjørn［ビョー'ン］［共］クマ［E.bear, 原義：the brown one］
blev be'tegnet［ブレウ・ベタイネヅ］'was called'
'bleve［ブレーヴェ］［動］…になった（pl.）
'blive［ブリーヴェ］［動］'become'
blomst［ブロム'スト］［共］花。
'blomstringstid［ブロムストリングスティー'ヅ］［共］開花時代。
'blækhus［ブレクフー'ス］［中］インキつぼ'ink-house'
blå［ブロー'］［形］青い'blue'
'boghandler［ボウハンロ］［共］本屋。
'boghåndværk［ボウホンヴェアク］［中］製本。
'boghvede［ボウヴェーゼ］［共］ソバ［bogブナの実；hvede 'wheat'］
'bonde［ボネ］［共］農夫［cf.E.husband］
boule'vard［ブールヴァート］［共］大通り［F.］
brev［ブレー'ヴ］［中］手紙［ラbrevis短い］
'bringe［ブリンゲ］［動］'bring'
bror［ブロー］［共］'brother'
brun［ブルー'ン］［形］褐色の'brown'
'brænde［ブレネ］［動］燃える（ように熱い）
brød［ブロー'ズ］［中］パン'bread'
'brødre［ブレズロ］［名］'brothers'
bælt［ベル'ト］［中］海峡。
børn［ボア'ン］（pl.of barn）
'børnesnak［ボアネスナク］［共］子供のおしゃべり（børneは複数属格）
'børnestue［ボアネストゥー］［共］子供部屋［stueは'stove'］
Chris'tine［クリスティーネ］女名［キリスト教徒、女性］
Col'lin［コ'リーン］家族名［＜Colin＜Nikolaus民衆の勝利］
dag［ダー'］［共］'day'; om dagen 'by day', 昼間。
'daglig［ダウリ］［形］日々の'daily'
dal［ダー'ル］［共］谷。E.dale
'dame［ダーメ］［共］婦人［フランス語madame 'my lady'］
damp［ダン'プ］［共］蒸気。
dansk［ダン'スク］［形］デンマークの；デンマーク語。
'datter［ダド］［共］'daughter'
de［ディ］'the'（pl.），'they'
'dejlig［ダイリ］［形］美しい。
del［デー'ル］［共］部分［deal, G.Teil］

den［デン］［冠］'the'
der［デァ］［副］E.there
'derfor［デーァフォー'］［副］それゆえ（therefore）
'derom［デーァオム］［副］'about it'
det［デ］［冠］the（中性名詞）；それ（it）
digt［ディクト］［中］詩。
'digter［ディクトー］［共］詩人。
'digtergage［ディクトーガーシェ］［共］詩人年金。
din［ディン］'your', dit［ディト］［中性］'your'
'djævel［'ディエーヴェル］［共］悪魔［ギdiábolos 'thrown away'］
'dobbelt［ドベルト］［副］二倍に。
dog［ドク］［副］しかし。
drak［ドラク］［動］E.drank
dra'matisk［ドラ'マー'ティスク］［形］E.dramatic
'drejer［ドライオー］［共］まわす人、旋盤工。
dreng［ドレング'］［共］少年。
'dronning［ドロニング］［共］女王。
dry'ade［ドリ'アーゼ］［共］木の精［ギリシア語dru-木］
drøm［ドロム'］［共］'dream'
'duede［ドゥーエゼ］［動］du（役に立つ）の過去。G.taugen.
dug［ドゥグ］［共］露。E.dew, G.Tau.
'dybet［デューベズ］［名］'the depth'
'dygtig［'デグティ］［形、副］十分の。
dynd［デン'］［中］沼、泥沼。
'døende［デーエネ］［現在分詞］瀕死の。dø 'to die'
'døgnflue［'ドインフルー］［共］カゲロウ（day-fly 一日のハエ）
'døtre［ドトロ］［名］'daughters'（pl.of datter）
'egetræ［エーエトレ'］［中］カシワの木（oak-tree）
'Egil［エギル］エギル（中世アイスランドの詩人、ヴァイキング）
ej［アイ'］［副］'…not'
'elverhøj［'エルヴォホイ'］［共］妖精（elver, pl.）の丘（høj）
en［エン］［冠］'a, an'
'engel［'エンゲル］［共］天使。englebørn天使の子供たち。
'engelsk［'エング'エルスク］［形］英語の、英国の；英語。
er［エア］［動］'am, are, is, are'
'erkebiskop=ærkebiskop［エアケビスコプ］［共］大僧正［ギarchi- 'chief'］

et［エト］［冠］（中性名詞）et barn 'a child', et hus 'a house'
'eventyr［'エーヴェンテュー'ア］［中］童話［ラ adventura 冒険］
fader=far［ファー］［共］父。
fa'milie［ファ'ミーリエ］［共］'family'
'fanden［ファネン］［共］悪魔［原義：誘惑者］
'fange［ファンゲ］［動］とらえる。
far［ファー］=fader
far'vel［ファ'ヴェ'ル］さよなら［E.fare thee well 元気で行ってらっしゃい］
'Fata Mor'gana［ファータ・モーガーナ］モルガナ妖精（＝蜃気楼；fata=fe）
'fatter［ファド］［共］おやじ。
'fattig［'ファディ］［形］貧しい。
'fattigskole［'ファディスコーレ］［共］貧民学校（アンデルセンが通学したオーデンセの学校）
'fattiges 'sygestue［ファディス・シューエストゥ］［共］貧民病院。
fe［フェー'］［共］妖精［フ fée <ラ fata 運命］
fem［フェム'］［数］5
fin［フィー'ン］［形］上品な、上流の。
'findes［フィネス］'finds itself; is found, is'
'flaskehals［フラスケハル'ス］［共］ビン（flaske）の首（hals）
flip［フリプ］［共］襟、カラー。
'flyvende［フリューヴェネ］'flying'（flyve 'to fly'）
'fodrejse［フォズライセ］［共］徒歩旅行'foot-journey'［rejse=旅］
foer=fór［フォー］'went'［E.fare in 'farewell', G.fahren］
'folke-eventyr［フォルケ・エーヴェンテュー'ア］［共］民話（folk-tale）
for［フォー］［前］…のために。
for'ening［フォ'エーニング］［共］協会［一つ（en）にすること；G.Verein］
for'fatterret［フォー'ファドレト］［共］著者の権利（forfatter G.Verfasser ＋'right'），著作権
for'ladt［フォー'ラト］（pp.of forlade 'give up'）
'forlagt［フォー'ラクト］［形］出版された（forlæggeの pp.）
for'lovelse［フォー'ローヴェルセ］［共］婚約［love 約束する］
'formue［'フォームーエ］［共］財産［G.Vermögen］
for'nemmelse［フォー'ネメルセ］［共］感情。

for'nøjet［フォー'ノイエズ］［副］満足して［G.vergnügt］
'forskel［'フォースケル］［共］相違。
for'stået［フォー'ストーエト］（pp.of forstå 'understand'）
for'talte［フォー'タルテ］［形］語られた（fortælleの過去分詞）
for'tælle［フォー'テレ］［動］語る［for人の前で, tælle 'tell'］
for'ædlende［フォ'エーズレネ］［現在分詞］洗練する（ところの）
fra［フラ］［前］…から。
'Frijsensborg［'フリーセンスボーウ］フリーセン（フリジア人）城。アンデルセンは1863, 1865, 1870年に滞在した。Mogens Frijs伯爵が1672年に建てた城。オーフス（Århus）区。以前はJernit（= Iarnwith, 鉄の森）村と呼ばれた。
'frænde［'フレネ］［共］血族、親族（英語friendの原義）
frø［フロー］［共］カエル（frog）
'frøkorn［'フローコーン］［名］タネ（frøタネ、korn穀粒）
'fyrste［'フュアステ］［共］公爵。
'fyrtøj［'フュアトイ］［中］'fire-toy' 火打箱。
'fædreland［'フェズレラン］［中］祖国 'fathers' land'
'følelse［'フェーレルセ］［共］感情。
føre ord［フォー・オー］［動］先に口をきく'lead word'
først［フェアスト］［形、副］最初の、最初に。
'Fåborg［フォボー'ウ］Fyn島の町。Riborg Voigtの故郷［fåはここではキツネ、キツネの町］
'gade［'ガーゼ］［共］通り［E.'gate'］
'gage［'ガーシェ］［共］俸給［ゴート語wadi手付金］
ga'lop［ガ'ロプ］［共］駆け足。
'gammel［'ガメル］［形］'old'
'ganske［'ガンスケ］［副］まったく。
'gartner［'ガートノ］［共］庭師［＜G.Gärtner］
'gaslygte［'ガスレクテ］［共］ガス燈。
gemt［ゲムト］［過去分詞］保たれた（kept）
'gennem［'ゲネム］［前］'through'
'genstand［'ゲンスタン］［共］物［G.Gegenstand］
giv［ギー'ヴ］与えよ。'give'（与える）の命令形。
'glemme［'グレメ］［動］忘れる。glemt（pp.）忘れられた（forgot）
god［ゴー'ズ］［形］'good'
'grantræ［'グラントレ］［中］モミ（gran）の木。

grav［グラー'ヴ］［共］お墓。
'gribe efter…［グリーヴェ・エフトー］をつかもうとする。efter…を求めて。
grim［グリム'］［形］みにくい（ugly）
'græde［'グレーゼ］［動］泣く。
'Gråsten［グローステーン'］南ユトランドの町。「灰色の石」の意味。ここで『マッチ売りの少女』を書いた。
Gud［グズ］［共］'God'
'gudfader［'グズファー］［共］名づけ親。
'guldfugl［'グルフール］［共］金の鳥 'gold fowl'
'guldhorn［'グルホーン］［中］'gold-horn' 黄金の角。
'Gunløg［'グンロイ］グンラウグ（アイスランドのサガの主人公）
gør［ゲア］［動］'he does（I do, you do）'；det gør ikke noget 'it doesn't matter at all' 何も問題はない。
gå［ゴー'］'to go'
gård［ゴー'］［共］屋敷。gårdhane 農家のオンドリ。
'gåseurt［'ゴーセ・ウアト］［共］ヒナギク。gåse（ガチョウの）urt（草）
halv［ハル'］［形］半分の。
'halvsøster［'ハルセストー］［共］'half-sister'
han［ハン］［代］'he'
hans［ハンス］［代］'his'
hav［ハウ'］［中］'sea'
'havde［'ハーゼ］'had'（past of have 'have'）
'have［'ハーヴェ］［共］庭、庭園［原義：囲い地, cf.E.hedge］
'havfrue［'ハウフルー］［共］'sea-woman' 海の妖精。
'havmand［'ハウマン］［共］'sea-man', merman 人魚（の男）
havn［ハウ'ン］［共］港［G.Hafen, E.New Haven］
hefte=hæfte［ヘフテ］［中］ノート、分冊。
hei［ハイ］［感］オーイ。
heks［ヘクス］［共］魔女G.Hexe
'hellighed［'ヘリヘー'ズ］［共］神聖（'holy-ness'）
'hende［ヘネ］［代］（dat.and acc. of hun）'her', 'to her'
'herregård［'ヘアゴー'］［共］荘園（原義：gentlemen's garden）
'herskab［'ヘアスカー'ブ］［中］主人（-skabは抽象名詞語尾；主人の身分）
'hexe［ヘクセ］＝heks［共］魔女。
his'torie［ヒス'トーリエ］［共］物語。
hjem［イェム'］［中］故郷。

'hjerte ['イェアテ] [中] 胸、心臓 [heart]
hos [ホス] [前] …の家で [husの副詞形；cf.F.chez < casa家]
hun [フン] [代] 'she'
'hurtigløber [ホアティ・レーボ] [共] 'fast-runner' [løber 'runner', E.leap]
hus [フー'ス] [中] 家'house'
hvad [ヴァズ] [代] 'what'
hvem [ヴェム'] [代] 'whom'
hvid [ヴィー'ズ] [形] 白い [white]
'hyldemor ['ヒュレモー] [共] ニワトコの木の精 (hyld=G.Holunder)
hyrd'inde [ヒュアド'イネ] [共] 羊飼い女 (-indeは女性語尾)
høj [ホイ'] [形] 高い'high'
'højste ['ホイステ] [共] 最高の者 (＝神)
hør [ホア] [共] アマ (の花) E.flax
hånd [ホン'] [共] 'hand'
i [イ] [前] 'in'
Ib [イブ] 男名 [Jacobの愛称；ヘブライ語、原義不明]
i 'dag [イダー'] [副] 今日 (英語はtoday, tomorrowのようにtoを用いる)
'ikke ['イケ] [副] 'not'
illust'reret [イルスト'レーオズ] [形] 'illustrated'
improvi'sator [インプロヴィ'サート] [共] 即興詩人 [im-provisus準備なしに]
ind [イン'] [副] 中へ'into'
'indkomst ['インコム'スト] [共] 収入 (E.income)
'indvirke ['インヴィアケ] [動] 影響を及ぼす。-t はpp.
'ingen ['インゲン] [代] いかなる…もない。ingen bøger 'no books'
'isjomfru ['イスヨムフルー] [共] 氷の乙女'ice maiden'
i'sær [イ'セー'ア] [副] 特に。
'Jenny [イェンニー] 女名 [< Johannna]
'jernbane ['イェアンバーネ] [共] 鉄道 ['iron-way']
jo [ヨー] [間] そうだなあ。
'jomfru [ヨムフルー] [共] 乙女 (jom若いfru女性) G.Jungfrau
jord [ヨー'] [共] 地球earth
'jødepige [イェーゼピーエ] [共] ユダヤの娘。
ka'loske [カロスケ] [共] 長靴 [ラGalliculaガリアの小さな (靴)]
kan [カン] [動] 'can'
karl [カー'ル] [共] 男、奴、作男 [人名になった]

'kejser［カイサー］［共］皇帝［ローマの将軍Caesar］
kind［キン'］［共］ほほ（cheek）
ki'nesisk［キネー'シスク］［形］中国の、シナの。
'kirke［キアケ］［共］教会。kirkeklokke教会の鐘。
kjørte=kørte［ケアテ］［動］'went'（by car）
'klasse［クラッセ］［共］階級。
klip［クリップ］［中］（単複同形）切り絵（paper cutting）
'klippe［クリッペ］［共］断崖。
klit［クリット］［共］砂丘。
klods［クロス］［共or中］丸太、でくの坊、まぬけ。
klog［クロー'ウ］［形］'clever'. klogere=cleverer.
'klokke［クロッケ］［共］鐘'clock'
'klæde［クレーゼ］［中］布E.cloth.（pl.）-r 衣服。
koldt［コルト］［形, 中性］'cold'
kom［コム'］［動］'came'
konfirma'tion［コンフィアマショー'ン］［共］堅信礼（キリスト教徒としての信仰を確認）
'konge［コンゲ］［共］王。kongelig［形］王の［'kingly'］
'krible-'krable［クリブレ・クラブレ］［名］虫がゾロゾロ這うさま。
'krøbling［クレブリング］［共］かたわ者［krybe這う；cf.E.cripple］
'kuffert［コフォト］［共］トランク、旅行カバン［G.Koffer］
kun［コン］［副］'only'
'kunde, kunne［クネ］［動］'can, could'
kunst［コン'スト］［共］芸術［kunne「できる」の名詞；G.Kunst］
'kvaler［クヴァーロ］（pl.of kval）［名］苦しみ［G.Qual］
'kærlighed［ケアリヘー'ズ］［共］愛［kær親愛な；-lig '-ly', -hed 'child*hood*'］
'kærstefolkene［ケアステフォルケネ］'the dearest people'［kær 'dear', -este 形容詞最上級, folk*ene* 'the people'］
kår［コー'］［複］状況、事情［kår原義は選択（cf.E.choice）；選択の可能性］
lad mig 'slumre［ラズ・マイ・スロムロ］眠らせてください 'let me slumber'
las［ラー'ス］［共］ボロ、ボロ切れ（las-er-ne 'the rag-s'）
lav［ラー'ヴ］［形］低い'low'
'lege［ライエ］［動］遊ぶ。
'leve［レーヴェ］［動］生きる（「住む」はbo）

lidt［リト］［名, neuter of lille］'a little'
lidt［リト］pp.of lide 'suffer'
'ligemænd［リーエメン］［複］同輩（like men, men of same age）
'ligeså…som［リーエソー・ソム］'as…as'［ligeså 'like so'］
'ligge［リゲ］［動］横たわっている（lie）；har ligget 'has lain'
'lille［リレ］［形］小さな'little'
Lind［リンド］女名［lind優しい］
'loppe［ロッペ］［共］ノミ。
'love［ローヴェ］［動］約束する。
luft［ロフト］［共］空気。G.Luft, loftデパートの屋上空間。
'lukke［ロケ］［動］（目を）閉じる。lukt［lågd］過去分詞。
'lykke［レケ］［共］幸運'luck'
'lykkelig［レケリ］［形］幸福な。
lys［リュー'ス］［中］光。
'lystig［レスティ］［形］楽しい。
lært［レーアト］（har lært）'have learned（learnt）'
'løber［レーボ］［共］'runner'
lå［ロー'］［動］横たわっていた（liggeの過去）
ma'dam［マダム］［共］婦人、夫人［F.'my lady'］
magt［マクト］［共］'might'力。
'malurtdråbe［マルウアトドローベ］［共］ニガヨモギ（malurt）の滴（dråbe）
mame'luk［マメルク］［共］回教奴隷［アラビア語「奴隷」］
man［マン］［代］人は（一般人称）'one, they'
mand［マン'］［man'］［共］男、人（Nor-mand-yは北の人の国）
med［メズ］［前］…と一緒に。
'meget ondt i'gennem［マイズ・オント・イゲネム］［副］'very bad through' 非常な困難を乗り越えて。
'melkebøtte［メルケボッテ］［共］ミルク桶。
'Melchior［メルキオール］夫妻（p.173）。晩年のアンデルセンを支えた。メルキオールは東方の三博士の一人の名。
men［メン］［接］'but'
'menneskene［メネスケネ］［複］'（the）people'
mere［メア］［形］（comparative of much）'more'
'middag［ミダー］［共］正午；夕食（1日の主要な食事で、夕食が多い）
'Midgård［ミズゴー］［共］（北欧神話）中園'middle-garden', 人間の世界。

mig［マイ］［代］'me'
'moder［モーザ］［共］母。
'modgang［モズガング］［共］逆境［'against-going'］
mor［モー］=moder
mu'lat［ムラット］［共］黒人と白人の混血の人。
'mundlæder［モンレーゾ］［中］弁才、口達者（læderベルト）
'mærkelig［メアケリ］［形］'remarkable'
må［動］［モー］'must'
'nabo［ナーボー］［共］隣人（na近くにbo住む人）
nat［ナット］［共］夜'night'. om natten 'at night, by night'
'nattergal［ナットガー'ル］［共］ナイチンゲール（nat夜にgal鳴く鳥）
'natøje［ナット・オイエ］［中］夜の目（ガス燈）'night-eye'
'nisse［ニッセ］［共］妖精［Niels, Nils, Nicholas］
Njál［ニャール］ニャール（アイスランドのサガの主人公）
'noget［ノーズ］［代］なにか（something）、ひとかどの人物
nu［ヌー］［副］いま'now'
ny［ニュー'］［形］'new'
nål［ノー'ル］［共］'needle'
når［ノー'］［接］'when'
Odense［オーゼンセ］アンデルセンの故郷。オーデンセ川にアンデルセンの母が仕事をした洗濯場があり、「一本足の錫の兵隊」に登場する紙の船が浮かんでいる。オーデンセ公園にはアンデルセン童話に登場する146種の草花が植えられている。オーデンセ川には人魚が住んでいたという伝説がある。
og［オ］［接］'and'
'oldefader［オラファーゾ］［共］ひいおじいさん（'old father'）
om［オム］［前］…について（about）；［接］…かどうか（if）
om dagen, om natten 昼間は、夜は。
ond［オン'］［形］わるい。
ondt［オント］わるく；ondt igennem苦しさを貫いて。
op og ned［副］上も下も、あがったりさがったり'up and down'
'opleve［オプレー'ヴェ］［動］体験する'up-live'
os［オス］［代］われわれに、われわれを。
'over［オウ'ア］［前］'over'
pa'nel［パ'ネー'ル］［中］パネル、衝立（ついたて）
para'dis［パラディー'ス］［中］パラダイス。

pen［ペン'］［共］ペン。
'penge［ペンゲ］［名；複数］お金［E.penny］
'pengegris［ペンゲ・グリー'ス］［共］お金の子ブタ、子ブタの貯金箱。
'perle［ペアレ］［共］真珠（複perler）
'perlesnor［ペアレスノー'］［共］真珠のひも。
per'soner［ペアソーノ］［複］'persons'
pidsk=pisk［ピスク］［共］鞭、ピシッという音。
'pige［ピーエ］［共］'girl'
'piletræ［ピーレトレ'］［中］ヤナギの木。
pind［ピン'］［共］針。
plads［プラス］［共］場所（place）
poe'si［ポエ'シー'］［共］詩。
'portner［ポートノ］［共］門番（<port門）
post［ポスト］［共］郵便、郵便馬車［<ラpositum置かれたもの］
pram［プラム'］［共］小船、平底船（クリスチーネの父の所有）
prin'sesse［プリンセッセ］［共］姫［フランス語］
pro'fessor［プロフェッソー］［共］教授［pro前に；fat-, fess- 言う］
'pølse［ペルセ］［共］ソーセージ（-pind串）
på［ポ］［前］…の上に'on'
qvaler→kvaler［クヴァーロ］
'**rede**［レーゼ］［共］巣。
'rejse［ライセ］［共］旅。［動］旅する。
'rejsekammerat［ライセカメラー'ト］［共］旅の道連れ。rejse旅；kammerat 仲間<camera部屋（をともにする者）
ret［レット］, rette［レッテ］［形］正しい（right）
Riborg Voigt［リボーウ・フォークト］アンデルセンの初恋の女性。
'rige［リーエ］［中］国、国家［G.Reich］
'rigsdaler［リースダーロ］［共］リグスダラー（国のドル；約1万円か）
'rigtig［リクティ］［形］正しい。det rigtige正しいこと（the right thing）
'ringe［リンゲ］［形］わずかな、まずしい。
'rolighed［ローリヘー'ズ］［共］静けさ（quietness, quietude）［G.ruhig］
'rose［ローセ］［共］バラ［ラテン語rosaから世界に広まった］
'rosenhække［ローセンヘッケ］［複］バラの茂み'rose-hedge'
rød［レー'ズ］［形］'red'
'råde［ローゼ］［動］支配する。
sagn［サウ'ン］［中］伝説。

'samfund［サムフォン'］［中］社会 'together-meeting'（fund 'find oneself'）
'sandhed［サンヘー'ズ］［共］'truth'（sand 'true'）
Sa'tania infer'nalis［サタニア・インフェルナーリス］［名］（ラテン語）地獄の魔女。
'satte［サッテ］［動］置いた（past of sette）
sejr［サイ'オ］［共］勝利［G.Sieg］
'selskab［セルスカー'ブ］［中］社会［sel 仲間；-skab 抽象名詞］
selv［セル］［代］'self'
'selvtænkning［セル・テンクニング］［共］自己思索。
sig selv［サイ・セル］［代］自分自身。
sin［シン］［代］自分の（pl.sine）
'sindig［シンディ］［形］分別のある（sind 'sense'）
'sidste［システ］［形］最後の。
skal［スカル］［動］'shall'
'skarnbasse［スカーンバッセ］［名］コガネムシ（skarn 糞；basse 虫）
skeet（=sket）［スケート］pp.of ske 'happen'
skjald［スキャル'］昔の綴りは skald［共］詩人、スカルド詩人。
sko［スコー'］［名］靴 'shoe'
'skorstensfejer［スコーステンス・ファイア］［共］エントツ（skorsten）掃除人（fejer）
'skrubtudse［スクロブトゥッセ］［共］ヒキガエル。
'skudår［スクゾー'］［中］閏年（1日挿入された skyde 年）
'skue［スクーエ］［中］眺め。［動］見る。
'skygge［スキュゲ］［共］影。skyggebillede 影絵。
'skyslot［スキュースロット］［中］雲 sky の城 slot［G.Schloss 城］
slat［スラット］［形］ゆるんだ、マヒした。
slægt［スレクト］［共］一族。
'slikke［スリッケ］（solskin og dug）日の光をなめ、露をなめる。
'slumre［スロムロ］［動］まどろむ E.slumber
slå［スロー'］［動］打つ［E.slay］
smak［スマック］［音］ピシャリ、ピシッ。
smuk［スモック］［形］美しい。
smæk［スメック］［音］ピシュッ。
'smælde［スメレ］［動］ピシャッ、パシッと音をたてる。
smør［スメア］［中］バター。
'snedronning［スネードロニング］［共］雪の女王（snow queen）

snegl［スナイ'ル］［共］カタツムリ（snail）
'snemand［スネーマン'］［共］雪ダルマ。
'Snorre［スノレ］スノリ（中世アイスランドの詩人、歴史家、国家元首）
so'lid［ソリー'ズ］［形］堅実な。
'solskin［ソールスキン'］［中］日光 'sun-shine'
'solstråle［ソールストローレ］［共］太陽の光線。
som［ソム］［代］…ところの；［前］…として。
som om［ソム・オム］［接］'as if'
'sommerfugl［ソモフー'ル］［共］'summer bird' チョウ（butterfly）
'sove［ソウエ］［動］眠る。
spand［スパン'］［共］バケツ。
'spekhøker［スペックヘーコ］［共］食料品店。spekベーコン；høker小売人，E.hawker.
'spillemand［スピレマン'］［共］バイオリン弾き（'playman'の意味）
spredt［スプレット］［形］散らばった（spredeの過去分詞）
'springfyr［スプリング・フュー'ア］［共］飛ぶ人（fyrは奴）
'spørge［スペアウェ］［動］'ask'
'stammebog［スタメボー'ウ］［共］家系（stamme）の本bog
'standhaftig［スタンハフティ］［形］しっかり立っている（'stand-having'）
'stemme［ステメ］［共］声［G.Stimme］
sten［ステー'ン］［共］石'stone'
'stoppe［ストッペ］［動］とめる、ふさぐ。
stor［ストー'］［形］大きい。storhed［共］偉大さ。
stork［ストーク］［共］コウノトリ。
storm［ストー'ム］［共］嵐。
strøg［ストロイ'］［中］撫でること；散歩道、商店街。
'strømning［ストレムニング］［共］水の流れ。
stu'dere［ストゥデー'オ］［動］研究する［ラテン語］
stum［ストム'］［形］沈黙の。
'Sturlaストウルラ（中世アイスランドの書籍収集家）
'stykke［ステケ］［中］ひとかけら（a piece）
'suppe［ソッペ］［共］スープ。
'svane［スヴァーネ］［共］白鳥。svanerede白鳥の巣。svaneæg白鳥のタマゴ。
'svinedreng［スヴィーネドレング'］［共］ブタの少年（ブタ飼い少年）
'svovlstik［スヴォウルスティク］［中］マッチ。svovlは硫黄；いまは

tændstik という。tænd- は火をつける。
sød［セー'ズ］［形］あまい、かわいい（sweet）
'søslange［セスランゲ］［共］海ヘビ'sea-serpent'
'søsterlig［セストリ］［形］'sisterly'
'sølvskilling［セルスキリング］［共］銀貨。
så［ソー'］［動］'saw'（past of se 'see'）
så godt som［ソ・ゴット・ソム］'as good as' …も同然。
'sådan［ソーダン］［形］'such'
'tandpine［タン・ピーネ］［共］歯痛。
'tanke［タンケ］［共］思想。
'tante［タンテ］［共］叔母。
'tater［タート］［共］ジプシー（原義はタタール人）
'taterske［タートスケ］［共］ジプシー女。-ske は女性語尾。
te'ater［テアー'ト］［中］劇場。
'tepot［テー・ポット］［共］ティーポット（茶ドビン）
'tevand［テー・ヴァン'］［中］お茶（のためのお湯）
'tidende［ティーゼネ］［共］新聞 'tidings'
'tidsel［ティセル］［共］アザミ（E.thistle）
til［ティル］［前］'to'
'tinsol'dat［ティン・ソルダー'ト］［共］錫の兵隊（tin soldier）
'tjeneste［ティエーネステ］［共］奉仕（tjene 奉仕する）
to［トー］［数］'two'
tog［トー'ウ］'took'
tolv［トル'］［数］12
-torp［トープ］［派生語］村［G.Dorf］
tran［トラン］［共 or 中］鯨油。
tro［トロー'］［共］信仰。
'troldspejl［トロル・スパイ'ル］［中］悪魔の鏡（demon-mirror）
'true［トルーエ］［動］'threaten'
trykt［トロクト］［形］印刷された。
træt［トレット］［形］疲れた。
'trådte［トロッテ］踏んだ（past of træde 'tread'）
'tugthus［トクト・フー'ス］［中］刑務所［tugt は「しつけ」］
'tåre［トーオ］［共］涙 'tear'
u'artig［ウ'アーティ］［形］行儀のわるい、いたずらの。
'ude［ウーゼ］［副］'outside'

'uden at …. ［ウーゼン・アト］しないで ‘without’
'udenlandsk ［ウーゼンラン'スク］［形］外国の ［ud ‘out’, land ‘land’］
'udnyttelse ［ウズネテルセ］［共］利用。
'udtale ［ウズター'レ］［動］発音する ［ud外にtale言う］
u'endelig ［ウ'エナ'リ］［形］限りない。
'ugedagene ［ウーエ・ダーエネ］‘the weekdays’ ［uge ‘week’］
'under ［オノ］［前］E.under
'ungdom ［オングドム'］［共］青春、若者 ［-domは抽象名詞］
u'trolig ［ウ'トロー'リ］［形］信じられない（tro信じる）incredible
vand ［ヴァン'］［中］水、湖。
'vanddråbe ［ヴァンドローベ］［共］水滴（water-drop）
var ［ヴァー］［動］‘was, were’
'vaskerkone ［ヴァスコ・コーネ］［共］洗濯女washerwoman
ved ［ヴェズ］［前］…のかたわらに；…することによって ［E.with］
'vejrhane ［ヴェアハーネ］［共］風見のオンドリ（vejr ‘weather’）
'velynder ［ヴェール・オノ］［共］恩人 ‘well-doer’
ven ［ヴェン'］［共］友人。
'verden［ヴェアデン］［共］世界。verdenshav世界の海 ［verden=the world; verdが‘world’だがデンマーク語にはverdの語はない］
'verdenslitteratur ［ヴェアデンスリテラトゥー'ア］［共］世界文学。
'vidste ［ヴィステ］［動］past of vide ‘know’
vil ［ヴィル］［動］‘will’
vild ［ヴィル'］［形］野生の（wild）
vind ［ヴィン'］［共］風。
'vinge ［ヴィンゲ］［共］翼。
vis ［ヴィー'ス］［形］賢い。den vise賢者、de vise賢者たち。
'vise sig ［ヴィーセ・サイ］‘show itself’…ということが判明する。
vist ［ヴィスト］［形］（neuter of vis）確かな（sure, certain）
vogn ［ヴォウ'ン］［共］馬車 ［G.Wagen, Volkswagen国民車］
'voksne ［ヴォクスネ］［名；複数］大人 ‘grown-ups’
vor ［ヴォー］［代］‘our’（vor skole ‘our school’）
vort ［ヴォート］［代］our（次に中性名詞）vort hus ‘our house’
væk ［ヴェク］［副］むこうに（away）
'yderste ［オノステ］［形］‘outermost’
'zefyr ［セーフューア］［名］西風。

'ægtestands-sø ［エクテ・スタンス・セー］［共］結婚の湖marriage lake ［stand状態；ægte=G.Ehe］
'ælling ［エリング］［共］アヒル（and）の子（-lingは指小辞）
'ære ［エーオ］［共］名誉［G.Ehre］
ært ［エア'ト］［共］エンドウマメ。
'ærtebælg ［エアテベリ'］［名］エンドウマメのさや［bælg=E.belly］
'æsel ［エー'セル］［共］ロバ。
'øje ［オイエ］［'ɔjə］［中］目。pl.øjne
øm ［オム'］［形］（肌の）敏感な。
'ønskenød ［オンスケネヅ'］［共］'wishing-nut'願いのクルミ。
'østers ［オストス］［共］カキ（貝の）oyster
å ［オー'］［共］川［ラテン語aqua水］
'åmand ［オーマン'］［共］川の精river-man
år ［オー'］［中］年［語頭のyが消える。wも：E.word=ord］
'årlig ［オーリ］［形］年の（annual）'yearly'
år'tusinde ［オー'トゥー'シネ］［中］千年［E.year-thousandの意味, cf. år-hundrede 'year-hundred'=century］

2017年デンマークと日本の国交樹立150年を記念して、2017年4月22日から6月25日まで川崎市市民ミュージアムでアンデルセン展（The Andersen Exhibition）が開催され、アンデルセン像（1875年の複製）、アンデルセンの旅行カバン、アンデルセンが切り絵に使用したハサミ、マーグレーテ女王の制作したデコパージュ（découpage, 切り抜き装飾：農婦の小屋、生い茂った森、邪悪な女王の階段、エリサの父の宮殿の広間、雲、ファタ・モルガーナの宮殿）、アンデルセンの切り絵各種、童話の初版本など、めずらしいものが、多数、展示されていた。

あとがき

アンデルセンに特別の興味を抱くようになったのは1983年7月、上北沢の賀川豊彦記念松沢資料館で山中典夫氏（北欧関係出版社ビネバル社長）の「アンデルセン童話の魅力」という講演を聞き、「アンデルセンの世界」（1979年、学研映画、28分）を見たときだった。その夏休みにアンデルセン童話と研究書（英語、ドイツ語、フランス語、デンマーク語）を貪欲に読みあさった。私は48歳だったから、かなりの晩学だ。学習院大学でも、非常勤先の授業でも、学生と一緒に、この映画を鑑賞し、アンデルセンを読んだ。

その後、デンマーク語の発音や語法に関してはコペンハーゲン在住の佐藤敦彦君（1980年東海大学北欧文学科卒）からご指導をいただいている。ドイツ語の教師になった1975年からはグリム童話を授業で読むことが多くなった。アンデルセンとグリムから私は人間的な言語学を学ぶことができた。

2018年8月7日

著者プロフィール

下宮 忠雄（しもみや ただお）

1935年東京生まれ。ゲルマン語学・比較言語学専攻。早稲田大学（英語学）、東京教育大学大学院（ゲルマン語学）、ボン大学（印欧言語学、グルジア語）、サラマンカ大学（バスク語）で学ぶ。1967年弘前大学講師、1977年学習院大学教授、2005年同名誉教授。2010年文学博士。

主著：グルジア語の類型論（独文）；バスク語入門；ノルウェー語四週間；ドイツ語語源小辞典；ドイツ・西欧ことわざ・名句小辞典；ドイツ・ゲルマン文献学小事典；言語学I（英語学文献解題第1巻）；グリム童話・伝説・神話・文法小辞典；エッダにおける頭韻（英文）;デンマーク語入門;エッダとサガの言語への案内;オランダ語入門ほか。

［同時刊行］『グリム小辞典』

アンデルセン小辞典 A Pocket Dictionary of H.C.Andersen

2018年12月15日　初版第1刷発行

著　者　下宮 忠雄
発行者　瓜谷 綱延
発行所　株式会社文芸社
〒160-0022　東京都新宿区新宿1－10－1
電話　03-5369-3060（代表）
03-5369-2299（販売）

印　刷　株式会社文芸社
製本所　株式会社本村

ISBN978-4-286-19710-4